행복편지

할머니가 손자에게
손자가 할머니께

행복 편지

김초혜 조재면

채념

사랑하는 손자 재면에게

일 년 삼백육십오 일,

매일매일 일기를 쓰듯이 써서

할머니가

네게 주는 편지다.

늘 새해가 되면

다시 되풀이해 읽으며

할머니의 마음을

헤아리기 바란다.

2008년 1월 1일

김초혜

할머니께

할머니, 할머니가 써 주신 글을, 할머니가 말씀하신 대로 매일매일 읽는다 하면서도 바쁘다는 핑계로 못 읽고 지나가는 날이 많이 있습니다. 1주일이 지나고 2주일이 금방 지나갑니다.

그러나 할머니의 글을 읽고 나면 새로운 꿈도 꿀 수 있고, 마음도 새롭게 다지게 되고는 합니다. 한 가지 일을 매일매일 꾸준히 한다는 것이 이렇게 어려울 줄 몰랐습니다. 가장 쉬운 일인 줄 알았는데, 그것이 생각만큼 쉬운 일이 아니네요.

그러나 할머니께서 평생에 걸쳐서 되풀이해 가며 읽으라 하셨으니 그 습관이 몸에 익도록 하겠습니다. 하루에 하루치씩 읽는 데 2분 내지 3분이 소요되니 매일매일 꼭 읽으라던 할머니의 말씀을 어김없이 따르도록 하겠습니다.

할머니, 할머니의 기대에 어긋나지 않겠습니다.

2014년 1월 1일

손자 재면 올림

2008년 3월 20일

사랑하는 재면아!

할머니는 어렸을 때 자기 자신만을 생각하고, 자기 자신에게 유익한 일만 하는 사람이 이기주의자인 줄 알았다. 좀 더 커서 어른이 되어서야 이기주의자의 참뜻을 알게 되었다.

한번은 할머니를 이기주의자라고 하는 언니와 다투고 그 억울함을 오라버니에게 하소연한 적이 있었다. 전후 사정을 듣고 난 오라버니가 내린 판단에 할머니가 몹시 부끄러웠던 적이 있었다. 이기주의자란 내 이익만을 위해서 행동하는 것뿐만이 아니라, 남을 배려할 줄 모르는 행동을 하는 사람도 포함된다고 충고해 주셨다. 그때부터 할머니는 습관처럼 꼭 남을 먼저 생각하는 마음을 가지려고 노력해 왔다. 그것이 생각처럼 쉽지는 않았지만, 이기주의자에 대한 개념은 확실히 익히게 되었다.

재면아!

누구에게나 편안한 사람이 된다는 것은 어렵지만 아주 중요한 요소라는 것을 늘 기억하려무나. 성품이 까탈스럽고 자기밖에 모르는 속 좁은 사람이 되면 누구나 그 사람을 가까이하려 하지 않을 것 아니냐.

2014년 3월 20일

할머니, 저는 이 세상에서 가장 행복한 손자인 것 같습니다. 어렸을 때부터 할아버지 할머니 사랑을 많이 받고 자라서 그런지 그 어떤 장애도 두렵지 않습니다. 그리고 모든 장애는 제 앞에서 무너지고 맙니다. 할머니가 저의 중학교 입학 선물로 주신 인생독본인 『행복이』는 할머니가 직접 써서 주셨다는 데 의미가 크다고 생각합니다. 빨간 가죽 노트 다섯 권에 매일매일 편지 쓰듯이 쓰신 그 정성에 저는 눈시울이 붉어질 정도로 감동을 받았습니다. 사실 1학년 때는 새로운 학교생활에 적응하느라고 그 글을 제대로 읽지 못하다가 요즈음에 와서야 읽고 있습니다. 너무 죄송합니다. 생전 처음 집을 떠나 낯선 기숙사 생활을 할 때 저는 집이 그립기도 하고, 밤에는 무섭기도 하고, 공부하다가 배가 고픈 적도 많았습니다. 그러나 할아버지, 할머니, 아빠, 엄마를 번갈아 생각하면서 울음을 참고 무섬증도 참아가면서 이겨 냈습니다. 그러나 할머니가 걱정하실까 봐 다 좋다고 하면서 속마음을 감추었습니다. 지금은 신입생 후배들도 들어오고 학교생활도 적응이 되어서 처음 같지는 않습니다. 할머니, 이제 걱정하지 마세요. 할머니께서 바라시는 대로 저 건강하게 잘 지내겠습니다.

2008년 3월 26일

사랑하는 재면아!

남들을 칭찬하는 습관을 몸에 익히도록 하거라. 그것이 귀중한 자산이 되어 너를 인격자로 만들 것이다. 무조건적인 칭찬이 아니라, 칭찬할 만한 일을 칭찬하라는 것이다. 칭찬에 인색한 사람은 인품이 없는 사람이다. 듣기 좋으라고 하는 칭찬은 아첨에 불과하니 진실한 마음으로 칭찬하거라.

사랑하는 재면아!

그러나 나에게 누가 칭찬의 말을 건넸다 해서 너무 좋아해서는 안 되겠지? 하기야, 우리 재면이는 칭찬을 제일 쑥스러워 하니 이 말이 별 의미가 없겠구나. 재면이가 지금처럼만 커 간다면 할머니의 걱정은 하나 마나 한 걱정이 되겠구나. 어쩌면 어린 나이에 그렇게도 의젓하고 점잖은지 할머니는 재면이가 너무나 자랑스럽고 사랑스럽단다.

나 자신에 대한 칭찬은 그 어떤 것이든 내 입에서 나와서는 절대로 안 된다는 것, 자랑도 칭찬과 같은 뜻으로 받아들여지는 말이니 명심하거라.

2014년 3월 26일

할머니, 남들을 칭찬하는 습관을 몸에 익히도록 하라는 3월 26일 치 편지를 읽었습니다.

저는 누구를 칭찬을 하기에 앞서 그 애가 부럽다는 생각이 먼저 들고, 칭찬의 말이 선뜻 나오지 않은 적도 적지 않았어요. 그러나 할머니 말씀대로 주위 친구들의 좋은 점을 적극적으로 칭찬해 주고, 그들이 가진 좋은 점들을 배우도록 노력하겠습니다.

그리고 자신에 대한 칭찬이나 자랑은 자기 입에서 나와서는 절대 안 된다는 말씀도 마음에 담아 두겠습니다. 그런데 할머니, 저는 저에 대한 칭찬이나 자랑을 한 적이 거의 없는 것 같습니다. 그런 친구들을 보면 우습고 경멸스럽기도 했거든요.

앞으로 제 칭찬이나 자랑은 제 입으로 하지 않고 남의 입을 통해서 듣도록 꾸준히 노력하겠습니다. 할머니의 가르침대로요.

할머니, 건강하게 오래오래 제 곁에 계셔 주십시오. 할머니, 사랑해요.

2008년 3월 27일

사랑하는 재면아!

인생에서 두 가지 큰 복은 건강과 지성이다. 지성은 행복의 아버지고, 건강은 행복의 어머니다. 지성이 없는 생활은 암흑이고 지옥이다. 젊은 날에 지식에 투자하는 것만큼 확실한 투자는 없다. 사람을 사람답게 가꾸어 주는 것이 지성이다. 건강은 하나밖에 없고, 질병은 천 개가 넘는다. 다음은 서울대학교 의과대학의 권용욱 교수가 제안한 것인데, 어렸을 때부터 잘 지키는 것이 건강을 지키는 정도라고 하더구나.

1. 흰쌀, 밀가루 같은 탄수화물을 너무 많이 먹지 말 것.
2. 지방이 없는 양질의 고기만 섭취할 것.
3. 단백질은 콩, 생선, 달걀에서 섭취할 것.
4. 야채, 과일, 해초는 활성산소를 없애고 항산화 기능이 있으니 골고루 섭취할 것. 항산화 기능이 많은 식품은 연어, 게, 새우 등이다.

다음은 숙면에 대해서다. 잠을 편안하게 깊이 자는 것은 그 어떤 영양 섭취보다 중요한 것이다. 그런데 너는 대여섯 살 때부터도 잠을 참아 내며 복잡한 퍼즐을 맞추는 데 몰두하고는 했으니, 할머니는 걱정이다. 인생 제일의 부(富)는 건강이다.

2014년 3월 27일

할머니, 오늘은 할머니 편지 읽고 혼자서 웃었습니다. 오늘은 수신 교육이 아니라 '건강'에 대해서 말씀하셨군요.

건강은 하나밖에 없고, 질병은 천 개가 넘는다는 말씀도 마음에 깊이 새겨 두겠습니다. 그리고 탄수화물은 많이 먹지 마라. 고기는 지방이 없는 것을 먹어라. 단백질은 콩, 생선, 달걀에서 섭취해라. 그리고 야채, 과일, 해조류를 많이 먹어라.

또 숙면에 대해서도 말씀하셨군요. 잠이 우리들 인생의 3분의 1을 차지한다는 것도 새삼스럽게 깨달았을 뿐만 아니라, 잠이 음식 섭취에 못지않은 것이라는 사실도 다시금 생각하게 됩니다. 명심하겠습니다.

할머니, 걱정하지 마세요. 저 잘 먹고, 잘 자고, 운동도 열심히 하고, 공부도 열심히 하겠습니다. 할머니는 온통 제 걱정만 하시는 것 같아요. 그러나 저도 열다섯 살이나 되었으니 아무 걱정 마세요.

할머니, 할머니도 음식물을 골고루 섭취하도록 하세요. 할머니, 안녕히 주무십시오.

2008년 3월 28일

사랑하는 재면아!

'작전상 후퇴'라는 말이 있다. 물러서야 할 때는 망설임 없이 물러서야 한다는 뜻이다. 물러선다고 아주 물러서기야 하겠느냐. 한 발 물러서서 두 발 앞으로 나아갈 수 있는 힘을 쌓으라는 뜻이다. 이것이 세상 사는 지혜이고 슬기로움이다.

사랑하는 재면아!

누구에게나 관대함을 베푸는 사람이 되어라. 자기 자신에게는 엄격하되, 다른 사람에게는 늘상 관대한 마음으로 대하기 바란다. 대개 자기 자신에게 엄격한 사람은 다른 사람에게도 엄격하기 때문에, 그에 미치지 못하는 사람은 그 사람을 싫어하고 멀리하게 될 수밖에 없다. 남의 잘못은 너그럽게 용서하고, 자기의 잘못만 엄격하게 관리하는 사람이 훌륭한 사람이다. 나에게도 이롭지만 남에게 더 이로운 사람이 되어야 한다. 할머니가 매일매일 네게 당부하는 말이 행여라도 너를 귀찮게 하지는 않을지 걱정이다.

사랑한다, 재면아!

2014년 3월 28일

할머니, 제가 아무리 생각해 봐도 할머니는 참 대단한 분이신 것 같아요. 어떻게 하루도 빼놓지 않고 매일매일 편지를 쓰셨어요.

저도 매일 써보려고 했지만 어림도 없고요, 매일 읽기도 힘이 드는데요. 읽기도 힘들다는 말, 차마 하기가 부끄럽습니다. 쓰신 할머니도 있는데 읽기 힘들다는 말을 하다니…….

할머니가 세상을 살아오시면서 꼭 필요하다고 생각되는 것만 가려서 글로 쓰셨기 때문에 제게는 그 어떤 글보다도 소중한 가르침이 되는 글입니다.

오늘 편지에는 누구에게나 관대함을 베푸는 사람이 되라고 쓰셨네요. 자기 자신에게는 엄격하고, 남에게는 관대해야 한다는 말, 좀 어렵지만 그 말뜻을 되풀이해 새기면서 깨우쳐 나가겠습니다.

또 나에게도 남에게도 이로운 사람이 되라고 하신 말씀, 할머니의 바람대로 살려고 노력하겠습니다. 할머니, 밤이 깊었네요. 편안히 주무세요.

2008년 3월 31일

사랑하는 재면아!

세상을 사는 동안 어려움에 부딪혀도 너무 힘들어하거나 슬퍼하지 말아라. 괴로움이나 슬픔은 오래 머물지 않는다. 시간이 지나면 잊혀지게 마련이다. 다행히도 조물주는 견딜 수 있는 괴로움과 슬픔만을 준단다. 폭풍우가 일 년 열두 달, 십 년 내내 지속되는 일도 없고, 낮만 계속되지도 않고, 밤이 영원하지도 않다. 잠깐 견디면 곧 물러간단다. 그것이 작은 괴로움이든 큰 괴로움이든 얼른 떼쳐 버리고 나를 수습해서 앞을 향해 나아갈 수 있는 이유다. 굳은 의지를 가지면 인생사 모든 괴로움은 다 이겨 낼 수 있다. 굳은 의지만큼 훌륭한 친구는 없다.

슬픔과 괴로움에 잠겨 있으면 소심증이 일어 마음도 몸도 상하게 되니 빨리 떨쳐 버리는 연마를 하거라. 모든 것은 마음먹기에 달려 있다. 사랑하는 재면이가 이 세상을 행복하고 평화롭게 건너기를 할머니는 매일매일 기도하고 또 기도한단다. 다행히도 구름 뒤에는 태양이 있고, 슬픔 뒤에는 기쁨이 찾아온다. 단맛은 쓴맛을 본 후에 더욱 달다.

2014년 3월 31일

할머니, 사실은 할머니가 쓰신 내용이 제게 조금 어려울 때가 있어요. 할머니가 이 글을 쓰신 때가 2008년 1월 1일부터니까 제가 세상에 태어난 지 7년 3개월밖에 안 된 때잖아요. 어린 저에게 마치 어른에게나 필요한 내용을 쓰셨네요.

할아버지, 할머니는 제가 아주 어렸을 때부터 제 의견을 절대적으로 존중해 주셨다고 엄마한테 들었습니다. 그런 할머니의 마음이 어린 제게 이런 편지를 쓰게 하셨나 봐요.

생활하는 데 많은 도구가 필요한 것처럼 이 글도 제게는 아주 필요한 도구들입니다. 할머니의 염원대로 1월 1일부터 12월 31일까지 해가 바뀌면 또 읽고, 또 해가 바뀌면 거듭거듭 읽겠습니다. 그러다 보면 저는 '성인군자'가 될지도 모르겠네요. 후후훗. 중학교 1학년 담임 선생님이 제게 '성인군자'라는 별명을 붙여주셨어요. 이렇게 말하기 부끄럽지만 사실은 사실입니다. 할머니 웃으시라고 한 얘기예요.

할머니, 건강에 신경 쓰시기를!

2008년 4월 1일

사랑하는 재면아!

아무리 작은 분노라도 속마음을 드러내면 성품이 경박한 사람으로 보일 수도 있고, 인내심이 부족한 것처럼 보여 인격적으로 결함이 있는 것이 아닌가 의심받을 수도 있다.

'아무개' 하면 '아, 그 성질 나쁜 사람' 아니면 '다혈질인 사람' 하고 안 좋은 말을 듣게 된다. 그러니 아무리 화가 나는 일이 있어도 숨을 한 번 고르고, '나는 누구인가, 나는 조재면이다. 천하에 조재면이 이런 일로 화를 내서 인격적으로 결함이 있는 것처럼 보여서는 안 되지. 누가 감히 나를 화날 수 있게 하겠느냐. 나는 너희들이 아무리 화나게 해도 동요하지 않는다' 하고 마음을 가라앉히면 그 화나는 순간을 넘길 수 있다. 그리고 얼마가 지나고 나면 그렇게 화낼 일도 아니었다는 것을 깨닫게 된다.

사랑하는 재면아! 분노한다고 해서 일이 해결되지 않는다. 분노를 이기는 것은 자신을 이기는 것이다. 참으면 이기고, 분노하면 백전백패다.

2014년 4월 1일

할머니, 이 글들은 저를 위한 할머니의 기도문 같아요. 할머니가 그렇게 기도하시니 저는 아주 훌륭하게 성장할 것입니다.

오늘 편지글은 아무리 화가 나도 화를 겉으로 드러내지 말고 참으라는 말씀이셨어요.

할머니, 저는 잘 참는 편입니다.

참으면 이긴다는 말씀, 분노하면 백전백패라는 말씀, 확실하게 그 뜻을 알지 못하고 있지만, 지치지 않고 깊이 생각하면서 할머니의 말씀을 따르겠습니다.

할머니, 이 세상 어떤 할머니도 손자를 사랑하지 않는 할머니는 없겠지만 저는 우리 할머니의 손자 사랑이 이 세계에서 1등인 것 같아요. 저는 그렇게 사랑받는 손자라는 자부심을 가지고 열심히 공부하고, 건강하게 커 가겠습니다.

할머니, 할머니가 저를 사랑하는 만큼은 안 되겠지만 저도 할머니를 진짜로 엄청엄청 사랑합니다.

2008년 4월 3일

사랑하는 재면아!

아무리 작은 잘못이라도 알고 행동하는 것은 모르고 백 번 하는 것보다 더 나쁘다. 청정한 영혼을 가진 사람은 어렸을 때부터 사회를 어지럽히고, 자기 자신에게 해가 되는 일은 하지 않는다. 비록 여가에 하는 오락이라도 헛되고 무익하고 해로운 것에 빠져드는 것은 결코 바람직하지 않은 일이다. 처음에는 대수롭지 않게 생각하고 손을 댄 것이 계속되다 보면 손에서 놓을 수 없게 빠져들 수가 있기 때문이다.

'세 살 버릇 여든까지 간다'는 속담은 진리다. 꿀벌은 꿀이 아닌 것은 절대로 빨지 않는다고 한다. 곤충인 벌도 그러할진대, 하물며 만물의 영장인 사람이 자신에게 해로운 일을 해서야 되겠니. 좋은 습관을 몸에 익혀 언제 어디서나 유익한 것만 얻도록 노력하거라. 일시적인 쾌락보다는 불멸의 지혜를 닦도록 하거라. 쾌락에 빠진다는 것은 참된 자신의 모습을 잃어버리는 치욕이다. 재면이에게는 상관없는 이야기일 테지만 할머니의 노파심으로 하는 말이다.

2014년 4월 3일

할머니, 중학교 입학 기념으로 주신 할머니의 편지글 노트를 작년에 책으로 낼까 하셨을 때 제가 반대해서 못 냈잖아요. 그런데 올해 또 책을 내자고 하는 출판사가 있다고 제 의견을 물었을 때 제가 마지못해 응했던 것 기억나시죠? 왜 그랬냐 하면 할머니가 제게 주신 편지가 공개되는 것이 싫어서 그랬어요. 마치 일기가 공개되는 것 같았거든요. 그러나 제가 읽어 보니까 꼭 저만 읽는 것보다는 여러 사람들이 같이 읽어도 괜찮을 것 같아서 할머니 말씀을 따르기로 한 것이에요.

그런데 책이 곧 나온다고 하니까 기대가 되기도 하고 또 약간 부끄럽기도 하네요. 책이 나오면 저를 아는 사람에게는 비밀로 했으면 좋겠어요. 제가 왜 이런 말씀을 드리는지 할머니는 잘 아실 거라 생각해요.

오늘은 아무리 작은 잘못이라도 저지르지 말아야 한다는 말씀과, 잘못인 줄 알고 저지르면 더 나쁘다고 말씀하셨네요. 잘못인 줄 다 알고 있으면서 잘못을 저지르는 것……, 그 말씀을 이 깊은 밤 깊이 생각합니다.

할머니, 할머니 말씀대로 따르도록 노력하겠습니다.

2008년 4월 4일

사랑하는 재면아!

아무에게도 의지하지 않고 혼자의 힘으로 인생을 경영하겠다는 생각을 가진 사람은 결국 꿋꿋하게 그 길로 나아갈 수 있다. 물론, 그것이 그리 쉬운 일은 아니다.

할머니는 누가 무엇을 부탁했을 때 가능하면 거절하지 않겠다는 마음으로 살았다. 그러나 나는 어떤 어려운 일이 있어도 누구에게도 부탁하지 않았다. 그리고 힘이 부족한 사람이 할머니에게 힘을 보태 달라고 했을 때는 최선을 다해서 도와주려고 했다. 하지만 역부족으로 일을 해결할 수 없을 때도 있었다. 그럴 때면 성의를 다하지 않은 것 같아 상대방에게 미안해서 마음이 괴롭더구나.

할머니가 누구에게도 부탁을 하지 않는 것은 바로 그런 이유다. 친한 사람끼리는 상대방의 의중을 읽는 일이 중요하다. 꼭 말하지 않더라도 그가 원하는 것이 무엇인가 생각하여 도움을 청하기 전에 도와줘야 한다. 부탁도 힘들지만 거절이 더 힘든 법이다. 부탁과 거절 모두 안 하고 살 수 있으면 얼마나 좋겠니. 그러나 그럴 수 없는 것이 인생사다.

2014년 4월 4일

할머니, 벌써 4월이네요. 찬바람이 많이 누그러들었지만 기숙사의 아침이나 저녁은 아직도 추워요. 아니 낮에도 교실에 있으면 서늘한 느낌도 들어요. 여기는 산속이라 공기는 좋지만 안 좋은 것도 있어요. 이렇게 할머니와 대화를 나누는 것도 참 좋은 일인 것 같아요. 제가 일방적으로 쓰는 것이지만 할머니의 글을 읽고 쓰게 되니 편지로 하는 대화지요. 할머니의 편지글을 읽으면 저도 꼭 답장을 쓰고 싶어요.

할머니의 목소리가 들리는 것 같아 혼자서 웃기도 해요. 할머니, 저는 집을 떠나 있어서 그런지 무언가 슬프기도 하고, 그립기도 하고 문득문득 다른 학교로 전학 가서 집에서 학교 다니고 싶기도 해요. 그러나 할머니가 말씀하셨죠? 일제강점기에는 제 나이 또래에 독립운동을 하러 만주로 간 청소년이 많았다구요. 그런 독립운동도 하는데 기숙사에서 공부하는 것은 너무 쉬운 일이라고 마음을 고쳐먹고는 해요.

할머니께 이런 제 속마음을 털어 놓으니 마음이 좀 명랑해지네요. 할머니, 어제 할머니 말씀에 꿀벌은 꿀이 아닌 것은 절대 빨지 않는다는 내용이 있어요. 저는 학생이니까 공부를 열심히 하겠습니다.

2008년 4월 7일

사랑하는 재면아!

오늘은 건강에 대해서 이야기해 보려고 한다. 첫째, 건강을 지키는 것은 부모에 대한 의무이고, 나에 대한 의무이고, 가족에 대한 의무이기도 하다. 여기서 가족이란 결혼을 했을 경우 아내와 자식을 말한다. 첫째, 평소부터 사과와 양배추를 꼭 먹도록 해라. 약간의 꿀을 넣어서 주스를 만들어 먹어도 좋다. 둘째, 버섯은 풍부한 영양소에 비해 칼로리가 적은 다이어트 식품이며 면역력을 높이는 식품이다. 셋째, 하루 세 번, 3분씩 올바른 양치질을 하거라. 그리고 음식은 적어도 20번 이상은 씹어 먹어야 한다. 혹시 한쪽으로만 씹는 습관이 있다면 즉시, 꼭 고치도록 하거라. 한쪽으로만 씹으면 치열이 삐뚤어지고 잇몸병이 생기고 두통이나 어깨 근육통도 생긴단다. 씹는 동작이 머리의 혈액량을 늘리기 때문에 뇌세포의 대사 작용이 활발하게 일어난단다. 넷째, 가지와 적색 양배추와 포도를 많이 먹어야 한다. 공부로 피로한 눈을 회복시킨다. 다섯째, 일주일에 두 번 이상 자전거를 타는 습관을 갖도록 하거라.

좋은 습관은 제2의 천성이라는 말이 있는 것처럼 지금 잘못하는 것이 있으면 곧 고치도록 하거라. 어렸을 때 들인 좋은 습관은 평생을 행복으로 이끄는 크나큰 재산이다.

2014년 4월 7일

할머니, 좋은 습관은 제2의 천성이라는 할머니의 글을 읽으며 잘못된 습관을 고치도록 노력하겠다고 결심했습니다.

할머니, 그런데 사과와 양배추를 꼭 먹어야 된다는 글을 읽으며, 고민입니다. 잘못된 습관은 꼭 고친다고 했는데 저는 '사과'라는 말만 들어도 토할 것 같은데 어떻게 해야 할지 모르겠어요.

좋은 습관은 행복으로 이끄는 크나큰 재산이라는 말씀도 가슴에 와닿아요. 그런데 사과 때문에 고민이에요. 사과 말고 다른 과일은 안 되나요?

아, 할머니께서 먹기 싫으면 꿀을 약간 넣어서 주스로 만들어 꼭 먹으라는 말씀도 하셨지요. 할머니는 제가 사과를 안 먹는 것을 미리 알고 쓰신 것이네요. 할머니, 죄송합니다. 할머니가 이렇게 신경을 쓰시는데 제가 사과를 못 먹으니 고민이네요.

밥도 한쪽으로만 씹지 말고 양쪽으로 번갈아가며 씹으라는 말씀도 지키겠습니다. 한쪽으로만 씹으면 치열이 비뚤어지고 잇몸병이 생기고, 또 씹는 동작이 머리의 혈액량을 늘려 뇌 활동을 촉진시킨다니 할머니 말씀대로 하겠습니다.

할머니, 좋은 습관에 신경 쓰겠습니다.

2008년 4월 9일

사랑하는 재면아!

오늘은 재물과 시간의 중요성에 대해 이야기하려 한다. 재물과 시간을 중요하게 여기지 않는 사람은 없지만, 그 귀한 것을 지혜롭게 쓰지 못하기 때문에 인생을 낭비하게 되는 것이다. 100원을 하찮게 여기는 사람은 언젠가는 100원이 없어서 운다고 한다. 아무리 작은 돈이라도 재물을 소중히 여겨야 한다는 뜻이다. 시간도 마찬가지다. 오늘 10분을 가볍게 생각하는 사람은 내일 그 10분 때문에 후회하게 될 것이다. 그까짓 한 시간쯤 하고 생각하는 사람은 그 습관으로 하루쯤, 일 년쯤 하면서 세월을 허송하게 된다. 그런 사람에게는 세월이 100년이 주어진다 해도 아무것도 이루지 못하고 빈손인 채 인생을 마감하고 말 것이다.

사랑하는 우리 재면이는 말을 배우기 시작하고부터는 짧은 시간도 그냥 보내지 않으려고 온갖 질문이나 알아맞히기 게임을 하자며 할머니를 그냥 두지 않았단다. 스무 살까지의 재면이의 성장과 발전이 네 평생을 좌우할 것이다. 지금같이만 커 가면 얼마나 훌륭하게 될지, 할머니 가슴이 뿌듯하구나!

2014년 4월 9일

할머니, 오늘은 재물에 대해서 쓰셨네요. 100원을 하찮게 여기면 언젠가는 100원 때문에 울고, 오늘 10분을 가볍게 생각하면 내일 그 10분 때문에 후회하게 된다는 말씀이에요.

사실 100원에 대한 것은 그다지 공감하지 못했는데, 10분에 대한 얘기는 가슴에 와닿았습니다. 명심하겠습니다.

할머니 말씀대로 하면 정말 훌륭한 사람이 될 수 있을 것 같네요. 훌륭한 사람이 되라고 써 주신 이 노트를 평생 동안 읽으며 할머니의 교훈대로 살겠습니다.

할머니! 먹는 것, 입는 것, 배우는 것, 어느 것 하나 중요하지 않은 것이 없다고 일일이 챙겨 주시는 뜻을 잘 기억하겠습니다.

할머니가 바라는 대로 커 가겠습니다. 할머니를 생각하면 힘이 납니다. 어려운 일도 쉽게 이겨 나갈 수 있는 힘이 생겨요.

할머니도 재면이를 생각하면 그렇다고 말씀하시는 것 같네요.

할머니, 밤이 깊었어요. 편안히 주무세요.

2008년 4월 17일

사랑하는 재면아!

책은 마음의 재물이다. 많이 읽고, 많이 사색하기 바란다. 할머니는 재면이 서재에 날마다 거듭 읽어야 하는 책이 세월 따라 계속 늘어나기를 소망한다. 그리고 아무리 바쁘다 해도 손에서 책을 놓지 않기를 소망한다. 책에서는 그 어떤 놀이나 공부보다도 큰 감동과 행복을 느낄 수 있단다. 할머니는 인생을 경험보다는 책에서 훨씬 더 많이 배웠다. 독서는 충실한 인간을 만들고, 좋은 친구가 되어 결점을 고쳐 주기도 하고, 보완할 점을 가르쳐 주기도 한단다. 올바른 가치관과 사물의 소중함과 끈질긴 인내를 책을 통해 배우면서 커 가기 바란다.

책이 없는 방은 영혼이 없는 육체라는 말도 있고, 돈이 가득 든 주머니보다 책이 가득 쌓인 서재를 가지라고도 했다. 운동을 해야 몸이 튼튼해지는 것과 같이 책을 읽어야 정신이 단련된다는 것을 평생 동안 잊지 말아라. 밥을 한 끼라도 먹지 않으면 배가 고프듯, 하루라도 책을 읽지 않으면 영혼의 배고픔을 느껴야 한다.

2014년 4월 17일

할머니, 책을 평생 동안 손에서 놓지 말라는 말씀, 꼭 기억하고 실천하겠습니다.

책은 삶의 등불이란 말씀도, 책은 스승이고 학교라는 말씀도 가슴 깊이 새기겠습니다.

할머니는 할머니인데도 지금도 매일매일 책을 읽으시지요. 저도 할머니의 그런 점을 꼭 배우도록 하겠습니다. 밥 먹듯 책을 읽으라는 말씀, 밥은 굶어도 책은 꼭 읽으라는 뜻으로 새겨듣겠습니다.

그러나 변명을 하자면, 공부 때문에 책을 읽기 위한 시간을 내기가 참 어렵습니다. 할머니는 변명이라고 생각하실지 모르지만, 정말 한가하게 시나 소설을 읽을 시간이 없습니다. 저도 공부는 공부대로 하면서 책도 읽고 싶지만 그것이 뜻대로 되지 않아요. 그러나 할머니 말씀대로 자투리 시간을 이용해서라도 책 읽는 습관이 몸에 배도록 하겠습니다.

할머니! 책을 많이 못 읽어 죄송합니다.

2008년 4월 18일

사랑하는 재면아!

할머니는 매일매일 재면이에게 당부하는 글을 쓰면서 마음에 많은 갈등이 일어난단다. 할머니의 말대로 세상을 사는 것이 정답인지, 또 다른 정답이 있는지, 언젠가는 세상 속으로 뛰어들어야 하는 너를 생각하면서 걱정이 많다. 세상에는 눈속임도 많고, 비바람도 거세고, 중상모략이 도처에 숨어 있고, 시기와 질투가 난무하고, 이런 위험들이 줄을 서 있는데 네가 어떻게 잘 헤쳐 나갈 수 있을지 걱정이구나.

수호신이 있어 네 옆을 지켜 주면 좋을 텐데, 너를 지키는 수호신은 너 자신일 뿐이란다. 진실이 반드시 이기고, 정의는 언젠가는 꼭 밝혀진다고 할머니는 말하고 있지만, 현실에서는 존재하지 않는 것처럼 보이기도 하더구나.

넓고 넓은 바다를 항해해야 하는 너에게 순풍만 기다리고 있기를 간절히 바란다. 셰익스피어는 오죽하면 '오! 하느님, 정의가 힘을 지배하게 하소서'라고 기도했겠느냐. 언제나 강한 너를 완성시켜 가는 과정이라고 생각하며 정진하거라.

2014년 4월 18일

할머니, 저를 지켜 주는 수호신이 있으면 좋겠다고 하셨지요. 할머니가 저의 수호신이에요. 할아버지도 아빠도 엄마도 저의 수호신이에요. 수호신이 너무 많잖아요. 아 참, 재서도 저의 수호신이고, 또 할머니가 제일 듣고 싶어 하시는 말씀, 제가 저의 수호신이 될게요.

평생 동안 배우고 노력하겠습니다. 할머니께서 저를 너무 사랑하시기 때문에 이 걱정 저 걱정 하시는 것, 저 잘 알아요. 할머니께 걱정 안 끼치는 손자가 되겠습니다.

할머니는 제가 용기도 없고, 착하기만 하고, 생각이 깊은 나머지 활동성이 부족한 게 아닌가 걱정하시지만, 저 모든 일에 용기 있게 맞서겠습니다. 그리고 저 그렇게 착하기만 하지도 않고, 활동성이 부족하지도 않아요. 아마 어렸을 때의 재면이를 할머니는 기억하고 계셔서 그럴 것입니다.

저 아주 단단합니다.

할머니, 염려하지 마시라니까욧.

1등 할머니에 1등 손자가 되겠습니다.

2008년 4월 25일

사랑하는 재면아!

어느 분야에서나 성공한 사람들은 남달리 부지런한 사람들이다. 할머니는 부지런한 사람이 가장 훌륭한 사람이며, 부지런한 사람만이 살아 있는 사람이라고 말하고 싶다. 게으르다는 것은 반은 죽은 채로 사는 것이나 마찬가지다. 부지런히 살며 거기에다 분별력까지 갖춘다면, 그는 틀림없이 인생을 탁월하게 경영하는 능력자일 것이다.

단 1분이라도 시간을 헛되이 보내지 말아라. 꼭 공부만 하라는 것이 아니고, 놀 때는 재미있게 놀고, 휴식 시간을 보낼 때는 쉰다는 생각조차 잊어버리게 쉬고, 책을 읽을 때는 딴생각을 말고, 공부할 때는 치열하게 집중해서 한순간도 헛되이 보내지 말라는 것이다. 체계적으로 계획을 짜서 시간을 효과적으로 활용하기 바란다. 시간에 대한 인식과 자기감정의 관리능력이 없어서 일도 제대로 못하고, 놀기도 제대로 못하고, 늘 허둥거리며 사는 사람들이 뜻밖에도 많다. 지혜롭게 자기 관리를 하고 생활 관리를 하기 바란다. 한 번뿐인 인생이니까 부지런하게 후회 없이 살기 바란다. 할머니는 재면이를 사랑한다.

2014년 4월 25일

할머니, 저 부지런한 사람이 되겠습니다.

단 1분이라도 시간을 헛되이 보내지 말라고 하셨는데, 어떻게 하는 것이 그렇게 하는 것인지 금방 머릿속에 떠오르지 않습니다.

사실은 지금도 1분 1초도 헛되이 버리는 것 같지 않아요. 아주 알차게 지내는 것 같은데 또 할머니 글을 읽으며 생각해 보니 헛되이 쓰는 것도 같은 기분이 드네요.

공부할 때는 공부하고, 놀 때는 놀고, 휴식 시간에는 편안히 쉬기만 하라고요. 알겠습니다.

또 책 얘기를 하셨네요. 책을 읽을 때는 딴생각을 하면 안 되고, 자기 자신의 시간을 잘 관리하라는 말씀은 잘 새겨들었습니다. 저도 잘하려고 하지만 왠지 자꾸 돌이켜 보게 되네요.

제 이름은 있을 재(在), 부지런한 면(勉), 이름대로 부지런하게 열심히 잘하겠습니다.

할머니! 재면이는요, 할머니를 사랑합니다.

2008년 4월 28일

사랑하는 재면아!

어렸을 때부터 감명 깊게 읽었던 책을 모아 두는 너의 도서실을 만들어라. 우선 네가 읽고 그리고 네 자식들에게 읽히고 싶은 책을 골라서 모아 두는 도서실 말이다. 그 도서실 안에 담긴 너의 인격과 지혜와 지식을 그대로 자식에게 대물림하려무나. 사람은 무얼 먹고 사느냐보다는, 어떤 생각을 가지고 사느냐가 더없이 중요하다. 올바른 가치관과 정의감은 책을 통해서 이루어진다고 해도 틀린 말이 아니다. 좋은 책은 두 번 세 번 되풀이해서 읽어도 언제나 새롭고, 또 다른 의미를 부여하더라. 인생이란 풍파가 심한 바다에 쪽배를 타고 나아가는 것과 같다. 안전하게 안내하는 사람도 없고, 방향을 제시해 주는 표지판도 없다. 두 번 살아본 경험도 없으니 누구나 서투르고 어설프기 마련이다. 그런 인생에 훌륭한 길잡이가 되어 주는 것이 책이다. 책은 인생의 학교이고, 교사다. 그러니 두 번 읽을 필요가 있다고 생각되는 책은 책꽂이에 꽂아 두거라. 볼테르는 '아무리 유익한 책이라도 그 반은 독자 자신이 만드는 것이다'라고 했다. 볼테르는 프랑스의 작가이며 시인이다.

2014년 4월 28일

할머니, 할머니는 책의 중요성을 한 달에도 몇 번씩은 말씀하시네요. 할머니의 말씀대로 감명 깊게 읽은 책의 목록과 줄거리와 느낌을 써 놓겠습니다.

볼테르의 '아무리 유익한 책이라도 그 반은 독자 자신이 만드는 것'이라는 말의 뜻을 처음에는 잘 몰랐습니다. 자꾸 생각해 보니 책의 내용을 잘 이해해서 자기 것으로 만들라는 것인 듯합니다. 또 다른 의미가 있는 것 같기도 하고, 확실하게 파악이 안 되네요. 다음 주에 할머니 만나면 여쭤보려고 해요.

신기한 것은 할머니가 이 글을 쓰실 때는 제가 초등학교 1학년 때인데 어떻게 이렇게 어려운 글을 써 주신 것인지 이해가 안 돼요.

아직 어린 제게 이렇게 어려운 글을 쓰셨으니 할머니는 제가 중학생이 될 줄을 미리 아신 것 같네요. 할머니, 제가 조크를 좀 했어요. 할머니, 사랑해요.

2008년 4월 29일

사랑하는 재면아!

어제에 이어서 오늘도 책 이야기를 하게 되는구나. 로마의 정치가이며 철학자인 키케로는 '책이 없는 방은 영혼이 없는 육체와 같다'고 했다. 지식이 없는 사람은 짐승과 같다는 말이다.

키케로는 공화주의자로서 카이사르에 반대하고 폼페이우스를 지지했던 사람이다. 로마 제일의 웅변가이며, 또한 그의 문체는 라틴어의 모범으로 유럽 여러 나라의 언어 형성에 큰 영향을 끼쳤다고 한다. 차차 성장해 가면서 키케로의 『의무란 무엇인가』『예의란 무엇인가』『웅변론』 같은 책을 한번 읽어 보기 바란다. 네가 인생을 살아가는 데 가치관을 형성해 줄 책이 아닌가 싶다.

네가 두 달만 있으면 캐나다로 떠난다. 생각만 해도 가슴이 서늘해지는구나. 그러나 헤어질 때의 섭섭함보다는 만날 때의 기쁨을 생각하며 참을 수밖에 도리가 없구나. 6월 20일쯤 떠날 예정이라니까 50여 일쯤 남았구나. 시간이 너무 빠르구나. 어렵고 힘든 일을 재면이가 겪지 않게 되기를 바라면서 할머니는 재면이에게 매일매일 편지를 쓴다.

2014년 4월 29일

할머니, 오늘도 책을 읽으라는 말씀을 또 하셨네요. 많이 읽고, 많이 생각하고, 많이 쓰다 보면 문장가가 된다고 하셨네요.

할머니 말씀 무슨 뜻인지 알겠어요. 책에서는 어떤 놀이나 오락이나 공부보다도 더 큰 감동과 행복을 느낄 수 있다는 말씀도 알았고요.

실천이 중요한데, 실천은 못 하면서 대답만 열심히 하는 것 같아 죄송합니다.

할머니, 그러나 저 지금 책 많이 읽고 있어요. 우리 청심은 암기식 교육은 되도록 피하고 토론하고 대화하는 방식으로 공부를 합니다. 필요한 책은 꼭 읽으니 염려하지 마세요.

책벌레가 되라는 말씀인 줄도 알아요.

책을 다 파먹겠습니다.

책을 양식으로 삼겠습니다.

밥을 먹듯 책도 먹겠습니다.

할머니, '걱정 끝' 하세요.

2008년 5월 1일

사랑하는 재면아!

너에게 일기 형식의 글을 쓰기 시작한 지가 벌써 다섯 달째에 접어들고 있구나. 네가 매일매일 읽으며 행복해하면 좋겠다만 찡그리고 귀찮아할까 봐 걱정이 되는구나. 그러나 할머니의 간절한 마음을 생각하며 읽기 바란다. 네가 이 글을 읽는 모습을 그려보며 할머니는 세상에 온 보람을 느낀다. 사랑받는 행복도, 사랑하는 행복도 생명의 꽃인 것을 실감한다. 해도 해도 넘침이 없는 것이 재면이에 대한 사랑이다.

사랑하는 재면아!

다른 것은 다 접어 두고라도, 오늘 '하루'가 인생의 전부라는 것만 기억하기 바란다. 인생과 오늘은 다른 말이면서, 같은 말이다. 오늘을 잘 지내면 내일의 오늘도 잘 지내게 될 것이다. 그렇게 오늘이 쌓이고 쌓여 인생이 된다. 오늘은 쉬고 내일 하겠다는 생각은 아예 하지 말아라. 언제나 한 번뿐인 오늘을 소중하게 보내기 바란다. 가장 어려운 일이면서도 가장 쉬운 일이기도 하다. 네 마음가짐에 달렸다. 모든 사람들이 가장 어렵게 생각하는 일을 재면이는 가장 쉽게 하리라 믿는다.

2014년 5월 1일

할머니, 오늘 편지를 보니 할머니가 제게 편지를 쓰신 지 다섯 달째에 접어든다고 하셨네요.

매일매일 읽으며 행복해하면 좋겠지만 찡그리고 귀찮아할까 봐 걱정이라고 쓰셨네요.

할머니, 제가 할머니의 편지를 읽으며 얼마나 행복해하는지 모르시죠. 할머니, 고맙습니다.

인생과 오늘은 다른 말이면서 같은 말이라고 쓰신 것을 읽고 뜻이 너무 어려워서 대충 이해하고 넘어가기도 합니다. 오늘을 열심히 지내면 내일이 행복하다는 말씀을 하신 것으로 아는데요, 맞지요?

어렵다고 생각하면 아주 어려운 일이고, 쉽다고 생각하면 쉬운 일이라는 말씀도 하셨네요. 그러면서 어려운 일이지만 쉽게 할 수 있는 능력을 기르라고도 하셨네요. 할머니, 중학생이 읽기는 좀 어려운 것도 같지만, 그 뜻은 충분히 알 것 같아요.

할머니의 손자로 부끄럼 없게 노력하겠습니다.

할머니의 저에 대한 믿음이 크다는 것도 잘 알고 있어요.

할머니, 편히 쉬세요.

2008년 5월 3일

사랑하는 재면아!

생후 15개월 때부터 퍼즐을 즐기며 몇 시간씩 앉아 있던 재면이는 할아버지 할머니의 행복, 그 자체였다. 우리는 퍼즐을 잘 맞추지 못해 쩔쩔매고 있는데 재면이는 아직 어려서 발음도 정확하지 않은 말로 '모서리는 모서리찌리'라고 할아버지 할머니를 가르쳐 주곤 했다. 그때 이미 할아버지 할머니는 너의 집중력에 손을 들었다. 한 가지 일에 그렇게 전력 추구하던 어여쁜 아가야, 변함없이 그대로 어른이 되거라. 남다른 집중력은 비범한 능력이며 탁월한 끈기다. 공부를 한다거나, 놀이를 한다거나, 책을 읽는다거나, 운동을 한다거나, 그것을 성공적으로 이루어내는 것은 집중력이다. 공부를 하면서 게임을 생각하고, 게임을 하면서 다른 생각을 하면 제대로 되는 일이란 아무것도 없다. 공부를 잘 못하는 아이들은 국어 시간에 수학 공부를 하고, 수학 시간에는 영어 공부를 하는 식이다. 그런 아이들은 시간을 체계적으로 쓰지도 못할뿐더러, 집중력 없는 산만한 아이들이다. 집중력을 가지고 모든 일에 임하기 바란다. 어떤 일에든 최선을 다한다면 네 스스로 그 일에서 성취감을 맛볼 것이고, 그 만족감이 너를 크게 뜻대로 발전시킬 것이다.

2014년 5월 3일

『행복이』를 가지고 기숙사로 들어왔습니다. 할머니가 제게 주신 편지글이 『행복이』라는 제목을 달고 책으로 나온 것이 신기해요.

『행복이』란 제목도, 그 책표지의 그림도 모두 제가 여덟 살에 할머니께 드린 공작품 선물이었네요. 책 표지의 색깔도 제가 고른 회색으로 했고요. 표지 뒷면에는 '표지화 조재면'이라고 쓰여 있네요. 이것뿐이 아니고 2008년에 나온 할머니 시집 『사람이 그리워서』 표지 그림도 제가 그린 것이었어요. 거기에도 '표지화 조재면'이라고 쓰여 있었어요.

저를 어른과 동등하게 대해 주시는 것에 자부심을 느낍니다. 할머니가 저를 얼마나 사랑하고 존중해 주는지를 그 책을 보며 느꼈어요. 할머니, 저 지금 행복합니다.

저와 관계있는 것은 작은 것 하나라도 다 챙겨 귀하게 여겨 주시는 할머니! 저는 할머니의 손자인 것이 자랑스럽습니다.

할머니, 건강하게 오래오래, 아주 오래 제 곁에 계셔 주세요. 사랑해요.

2008년 5월 5일

사랑하는 재면아!

오늘은 어린이날이다. 네가 세상에 태어나서 여덟 번째 맞는 어린이날이다. 네가 이 세상에 온 날부터 할아버지 할머니의 세상은 참으로 찬란하고 아름다웠다. 해마다, 특히 어린이날엔 너의 성장을 바라보며 마음이 마냥 흐뭇하고 즐겁기만 했단다. 재면이는 할아버지 할머니의 천국이었고 행복의 샘이었다. 재면이가 없었다면 할아버지 할머니의 노년은 얼마나 황폐했겠느냐. 재면이는 할아버지 할머니에게 새로운 희망을 주었고, 크나큰 생의 보람을 주었다. 어린 시절의 너의 총명함과 영특함 그리고 사려 깊은 마음가짐은 성인이 되었을 때의 네 모습을 미리 보여 주는 것이기 때문에 성인이 된 너의 모습을 그려 보며 할머니는 한없이 행복하단다. 할머니의 간절한 소망은 재면이 곁에 오래도록 머무르며 재면이의 성장을 지켜보는 것이다. 그런 세월이 얼마나 될지 모르지만 그 시간 동안 할머니는 무한정 행복할 것이다. 어린이날에 재면이에게 당부하고 싶은 말은 언제나 네게 주어진 모든 일에 감사하는 마음을 지니라는 것이다. 감사하는 마음은 네게 은혜를 내릴 것이기 때문이다. 사랑하는 재면아! 건강하게 자라거라.

2014년 5월 5일

할머니, 이제 중학생이 되었으니까 저는 어린이가 아닙니다. 그러나 할머니께서 어린이날에 쓰신 편지를 읽으니까 제가 꼭 여덟 살이 된 것같이 느껴졌습니다. 그리고 그냥 여덟 살의 재면이가 무척 그리웠습니다.

제가 성장해 온 모습을 하나하나 자세히 기억하고 계시는 할머니, 어떤 방법으로도 할머니를 이길 수가 없습니다.

할머니, 고맙습니다. '할머니에게 너희들은 영원히 어린이'라는 말씀을 듣고 참 행복했습니다.

할머니, 그리고 책을 소리 내어 읽겠습니다. 소리 내어 읽으면 말을 조리 있게 잘하는 능력도 기를 수 있다는 말씀도 맞는 것 같습니다.

물론 발음도 분명해지고, 의미도 잘 전달되겠지요. 그리고 눈으로 읽는 것보다 소리 내어 읽으면 효과가 크다는 것도 오늘 알았습니다. 할머니 말씀 잘 지키겠습니다.

2008년 5월 8일

사랑하는 재면아!

글씨는 마음을 나타낸다. 할머니는 재면이가 완벽한 어른이 되기를 바란다. 그래서 사소하다면 사소한 글씨 이야기도 하게 되는구나. 글씨를 처음부터 잘 쓰는 사람은 없다. 그가 얼마나 관심을 갖고 정신을 집중하는지가 명필과 악필을 좌우하게 된다. 악필로 쓴 편지를 받으면 내용도 허투루 읽게 되더라. 정성들여 쓴 글씨는 첫인상 만큼이나 중요해서 그의 인품까지도 결정하는 계기가 되기도 한다.

지금까지로 봐서는 재면이는 글씨를 잘 쓰는 편이다. 네 스스로 글씨를 잘 못 쓴다는 판단이 서면 좋은 글씨체를 보고 조금만 연습하면 금방 명필이 될 수 있다. 할머니는 중학교 1학년 때 붓글씨를 배운 후로는 글씨를 잘 쓴다는 칭찬을 많이 들었다. 머리가 나쁜 사람이 글씨를 잘 못 쓴다는 말도 있지만, 머리와 관계없이 누구든지 연습만 하면 잘 쓰는 것이 글씨다. 지금은 컴퓨터 시대이긴 하지만 그 문명은 어느 날 갑자기 사양길을 걸을 것이고, 또 꼭 손으로 써야 하는 글도 있으니 글씨에 대해서도 관심을 갖기 바란다. 활자화된 편지를 받으면 꼭 공문서 같은 무성의한 느낌 때문에 반갑지가 않더라.

2014년 5월 8일

할머니! 오늘은 글씨에 대해서 말씀하셨네요. 어렸을 때 제가 글씨를 잘 쓰는 편이었다고 쓰셨네요.

할머니, 그런데 지금은 글씨를 보통으로 쓰는 것 같아요. 저도 모르게 글씨가 작아졌어요. 그 이유를 잘 모르겠습니다. 앞으로 글씨를 좀 크게 쓰겠습니다.

공부에 정신을 쏟다 보니 글씨에는 신경을 못 쓴 것 같아요. 그러는 사이에 글씨가 작아지고 만 것이 아닌가 하는 생각이 들기도 합니다.

편지나 카드는 꼭 정성 들여 잘 쓰겠습니다. 그리고 편지나 카드는 꼭 손글씨로 쓰라는 말씀도 기억하겠습니다. 활자로 된 편지는 할머니 말씀대로 '공문서'에 불과하다는 것도 새롭게 느끼게 되었습니다. 꼭 기억하겠습니다.

누구나 연습만 하면 글씨를 잘 쓰게 된다는 말씀도 기억하겠습니다.

2008년 5월 11일

사랑하는 재면아!

하루에 30분씩만 책을 읽는다면 세상을 살아가는 데 있어 매우 유익할 것이다. 언뜻 생각하면 '하루에 30분쯤' 하고 쉽게 생각할 수 있으나 지속적으로 꾸준히 한다면 평생에 걸쳐 수많은 책들을 섭렵할 수 있을 것이다. 귀찮고 싫증이 나더라도 책 읽는 것이 몸에 밴 습관이 되도록 해라. 할머니가 살아 보니 책만큼 인생의 길잡이가 되는 것도 없더구나. 닥치는 대로 읽지 말고 주제를 정해서 체계적으로 읽는다면 더 큰 성과를 거둘 수 있을 것이다.

예를 들어, 역사책 읽기를 한다면 우리나라의 근·현대사부터 읽으면 좋겠지. 서로 상반되는 학자가 쓴 글을 찾아 읽어 보아라. 그렇게 하다 보면 네 나름대로 역사를 인식하는 안목이 생길 것이다. 그런 다음에는 우리나라와 밀접한 관계가 있는 다른 나라의 역사에 대해서도 읽어 두는 것이 좋다. 동서양을 막론하고 사람 사는 세상이 어떠한지를 알아 두면 얼마나 눈이 밝아지겠니. 역사를 어느 정도 읽었다 싶으면 동양 미술사, 서양 미술사, 경제학, 윤리학 같은 것도 두루 섭렵해서 품격 갖춘 훌륭한 지식인, 교양인으로 살아가기를 할머니는 바라는 것이다.

2014년 5월 11일

할머니! 오늘도 책 읽기에 대해서 쓰셨네요. 하루에 30분씩만이라도 책을 꾸준히 읽으라고 하시는 말씀을 명심하겠습니다.

'30분' 하면 쉽게 생각이 되는데, 그걸 매일 실천하지 못하고 있습니다. 그러나 하루도 빼지 않고 매일 30분씩 책 읽는 습관을 들인다는 것은 어려운 일이네요.

오늘은 시험공부를 하고 내일 읽으면 된다고 미룬 적이 한두 번이 아닙니다. 책 읽는 습관을 몸에 배게 하라는 할머니 말씀은 언제나 가슴에 간직하고 있겠습니다.

책이 인생의 길잡이였다고 말씀하셨죠? 저도 책에서 많은 가르침을 얻겠습니다. 할머니가 이렇게 책을 읽으라고 거듭거듭 말씀하시는데 제가 그 뜻을 거스를 수는 없지요.

할머니 말씀대로 주제를 정해서 읽겠습니다. 역사책, 미술사, 할머니의 욕심대로, 할머니께서 안심하시도록 책을 꾸준히 읽을 테니 염려 마세요.

사실은 시간이 없다는 핑계로 대학교에 가서 읽으려고 했었습니다. 저 참 나쁜 놈이지요? 할머니, 엄청 죄송합니다.

2008년 5월 12일

사랑하는 재면아!

재면이는 어렸을 때부터, 그러니까 두 돌이 되기 전부터 음식점이나 상점이나 미술관에 가면 꼭 명함이나 안내장 같은 것을 가져오더라. 그런 정보를 수집하는 네 모습을 보고 할머니는 마음이 뿌듯했단다. 낯선 곳에 가면 그곳의 내력을 알고 싶듯이 처음 가보는 곳에 호기심을 갖는 네가 얼마나 대견스러웠던지, 지금 생각해도 가슴이 울렁거린다. 사소한 일에서부터 큰일까지 그렇게 정보를 수집하다 보면 매사에 관심이 갈 것이고, 그 관심은 너에게 지식과 교양을 안겨 줄 것이다. 그런 지속적인 행동은 네 인생을 꾸준히 발전시킬 것이다.

할머니는 지난날을 돌이켜 보며 어리석게 살았던 시절을 많이 후회한단다. 그런 후회를 재면이가 해서는 안 되니까 할머니의 경험에 비추어 꼭 필요한 이야기를 하는 것이니 할머니의 말을 명심하여 들어주기 바란다. 책을 읽으라고 여러 차례 강조하는 것도, 책을 멀리 하고서는 참다운 인간 생활을 할 수 없기 때문에 여러 번 당부하는 것이다. 아무리 바빠도 책 읽을 시간이 없다는 것은 염치 없는 변명에 지나지 않는다. 바빠도 밥은 꼭 먹고, 잠도 꼭 자는 것처럼 책도 꼭 읽기 바란다.

2014년 5월 12일

할머니! 할머니는 제가 어렸을 때의 일도 일일이 기억하고 기록해 놓으셨네요. 두 돌이 되기 전의 제 행동도 자세히 써 놓으셨네요.

제가 음식점이나 상점이나 미술관 같은 데 가서 명함이나 안내장을 꼭 가져오는 것도 기억하고 써 놓으셨네요. 저는 어릴 때의 일이 기억나지 않아요. 할머니의 기록으로 제가 그런 행동을 했다는 것을 알았습니다.

할머니, 고맙습니다. 저의 사소한 행동까지 놓치지 않고 눈여겨보셨군요. 운동회 때 찍은 사진, 도서관의 도서 열람증, 학교 신문에 발표했던 글, 생일날 드렸던 카드, 제가 초등학교 1학년 때 썼던 가위……, 이루 다 셀 수가 없을 정도입니다. 정말 사소한 일에서 큰 일까지, 할머니의 기억 속에 재면이가 생생히 살아 있네요. 할머니의 뜨거운 사랑을 느끼지 않을 수가 없습니다. 할머니의 바람대로 훌륭한 손자가 되겠습니다.

오늘도 책 읽기에 대해서 말씀하셨네요. 아무리 바빠도 밥을 꼭 먹고, 잠도 꼭 자는 것처럼 책도 5분씩이라도 꼭 읽으라는 말씀이네요. 꼭 그렇게 하겠습니다.

할머니, 사랑해요.

2008년 5월 28일

사랑하는 재면아!

소크라테스가 말하기를 '다른 사람들은 먹기 위해 살지만 나는 살기 위해 먹는다'고 했다. 살기 위해 먹는 거나, 먹기 위해 사는 거나 그렇게 다른 것은 아니지만, 다른 일에는 관심이 없고 오로지 먹는 일에만 혈안이 되는 것은 순전히 먹기 위해 사는 것이고, 인간에게 유익한 일을 하면서 먹어야 하는 것은 살기 위해 먹는 것이라고 정의하면 될 게다. 살기 위해서도 먹고, 먹기 위해서도 살고, 먹는 즐거움 때문에 먹는 미식가도 있고, 세상엔 여러 형태의 사람들이 있다. 그러나 그가 먹는 음식을 유심히 살펴보면 어떤 종류의 사람인지 대강은 짐작할 수 있더구나. 사람의 몸과 정신을 이루는 것이 음식이기 때문에 잘 가려서 먹어야 하는 이유가 여기에 있다.

음식에 탐욕을 부리는 것도 흉하고, 음식에 관심이 없는 것도 좋은 일이 아니다. 과식은 온갖 병을 일으키니 절제하여 음식물을 섭취해야 한다. 어렸을 때의 식습관이 늙어서 건강을 좌우한다는 것을 잊지 말고, 건강하게 오래 살려면 식사량을 너무 많게 하지 말고 배가 부르기 전에 수저를 놓는 좋은 식습관을 기르기 바란다. 건강은 젊은 날부터 지켜야 한다.

2014년 5월 28일

할머니, 오늘 글에는 소크라테스가 '다른 사람들은 먹기 위해 살지만, 나는 살기 위해 먹는다'라고 한 말을 쓰셨네요. 그게 그 말 같은데요.

저는요, 할머니! 공부하기 위해 사는지, 살기 위해 공부하는지 모르겠어요. 살기 위해서 하는 공부라면 너무 지긋지긋하고, 공부하기 위해 산다면 너무 불쌍하고 불행하지요. 그냥 살기 위해서도 공부하고, 공부하기 위해서도 산다고 해야 옳을 것 같아요.

할머니, 저는 할머니의 사랑으로 잘 지내고 있습니다. 저는 이 세상에 부러울 것이 없어요. 할아버지 할머니의 사랑으로 언제나 마음이 편해요.

할아버지 할머니가 원하시는 대로 커 가겠습니다. 제 일로는 걱정하지 마세요. 걱정 안 드릴게요.

할머니, 할머니.

2008년 5월 30일

사랑하는 재면아!

며칠 전에도 언급했다만, 상대에 대한 배려라고 하는 것이 크게 어려운 일이 아니다. 상대방이 좋아하는 음식, 꽃, 생일을 기억하거나 아니면 대화 중에 '이 술을 좋아하시죠? 그 책을 읽는 느낌은 어땠어요? 베토벤을 즐겨 들으시죠?' 하고 관심을 표명하는 것도 배려에 들어간다. 세심하게 상대방의 마음을 살펴주는 것, 그리고 그가 싫어하는 가족이나 친구, 과거 이야기를 화제로 삼지 않는 것도 배려다. 기침을 하는 사람에게 기침을 다스리는 음식물을 소개하는 것도 배려다. 배려라는 것은 이렇게 작은 것에서부터 시작되는 것이다. 그리고 상대방의 장점을 찾아내어 칭찬해 주어라. 서로의 자신감을 고취시켜 주는 것도 배려다. 할머니가 아는 분 중에 스님이면서 시인인 분이 있는데 그분이 시인이라는 평가를 좋아하시는 것 같더라. 그래서 할머니가 '스님 ○○○ 시인께'라고 편지를 드렸다. 아마 할머니의 마음 씀에 기분이 좋으셨으리라 생각한다. 그리고 동료 시인들에게 시집을 받으면 그중 좋은 시 한 편을 골라내어 답장을 해 준단다. 할머니가 그런 대우에 즐거워했듯이 다른 시인들도 그러할 것이다. 이런 것이 배려다.

2014년 5월 30일

할머니, 배려에 대해서 말씀하셨네요.

상대방이 좋아하는 것과 싫어하는 것이 무엇인지 알고서, 좋아하는 것을 챙겨 주고 싫어하는 것에는 관심을 갖지 않는 것이 배려라는 말씀이군요.

사과를 싫어하는 사람에게 사과를 주는 것이 배려에 반대되는 행동이고, 아, 너 사과 싫어하니까 배를 먹어라 하고 관심을 가져주는 것이 배려라는 뜻이군요.

그러니까 할아버지께는 커피를 드리고, 할머니께는 홍삼차를 타 드리는 것이 배려네요. 커피를 좋아하시는 할아버지에게 홍삼차를 드리면 얼마나 기분이 마땅찮으시겠어요. 그런데 그런 행동이 계속 반복된다면 상대방의 마음을 너무 모르는 것이지요. 배려라고 하는 것은 누구에게나 조금 관심을 가지면 되는 것이네요.

그런데 할머니, 저는 저절로 남을 위하는 행동을 잘하는 편이지요?

아니, 취소예요. 한번 해 본 말이에요. 안녕히 주무세요.

2008년 5월 31일

사랑하는 재면아!

세상을 살아간다는 게 그렇게 쉽고 행복한 것만은 아니란다. 눈을 뜨고 눈을 감을 때까지 사람과의 관계에 시달려야 한다. 네 주위에 착하고 훌륭한 사람만 있는 것이 아니기에, 그리고 인품이 있는 사람만 사귈 수는 없기에 스트레스를 받을 때도 많을 것이다. 결점투성이의 사람이라고, 천박한 사고방식의 소유자라고, 거짓말을 밥 먹듯 하는 경솔하고 가벼운 사람이라고, 허영과 사치에 빠진 사람이라고 다 떼쳐 낸다면 너는 절해고도에 살 수밖에 없을 것이다.

할머니가 왜 '원숭이 삼형제'를 좋아하는 줄 아느냐. 원숭이 삼형제는 스스로 자신을 제어하지 못하는 양 서로 눈을 가려 주고, 귀를 막아 주고, 입을 닫아 주고 있단다. 그 원숭이 삼형제에게서 할머니는 많은 교훈을 얻으며 살아왔다. 할머니는 그 원숭이를 네게도 주려고 한다. 그러니까 웬만한 인간의 결점에는 눈을 감아 주고, 귀를 닫아 버리고, 침묵하면서 견뎌 나가기 바란다. 꼭 학벌이 좋고 재능이 있는 사람이 좋은 사람은 아니더구나. 재능은 없어도 훌륭한 인격을 갖춘 사람도 있고, 재능을 지니고 많이 배웠으나 바보도 있더라.

2014년 5월 31일

할머니! 할머니 집에 가면 눈을 가리고, 입을 막고, 귀를 막은 원숭이 삼형제가 아주 많이 있는 걸 보고는 합니다.

자기가 자기 눈을 가린 것도 있지만, 서로서로 가려 준 것도 있었어요. 저는 처음에는 놀이를 하기 위해 숨바꼭질을 하는 줄 알았어요. 크면서 할머니의 설명을 듣고는 그냥 원숭이가 아니라 어떤 교훈을 담고 있다는 것을 알았어요.

나쁜 것은 보지 말고, 나쁜 말은 하지 말고, 나쁜 말을 듣지 말라는 교훈인 것을 할머니의 『행복이』를 읽고 비로소 확실히 알았습니다. 그러니까 다른 사람의 결점은 눈감아주고, 아예 듣지도 말고, 입에 담지 말라는 얘기네요.

알았어요, 할머니, 그렇게 하도록 할머니의 말씀을 꼭 기억할게요.

할머니, 편히 주무세요.

2008년 6월 1일

사랑하는 재면아!

공부를 잘하지도 않고 머리도 좋은 편이 아닌데 사람들에게 매우 인기가 높은 친구가 있었다. 왜 그런가 하고 유심히 그의 행동을 살펴보니 예의가 바르고, 다른 사람의 흉을 보는 일도 없고, 따뜻한 마음씨를 가진 사람이었다. 공부를 잘하지 못했기에 눈에 띄는 사람은 아니었지만, 모든 사람들이 그를 좋아했고 친구가 많았던 것이다. 반대로 공부도 잘하고 머리도 좋은데 자기 자신밖에 모르는 이기주의자라면, 사람들은 모두 그를 꺼릴 것이다. 그리고 친구가 없다는 것은 대인 관계의 폭이 좁다는 것이니 세상을 살아가는 데 장애가 될 수도 있다. 네가 좋은 친구가 되려고 노력하면 네 주위에는 좋은 친구만 모이게 될 것이다. 주위 사람 열 명이 모두 좋다고 하는 사람은 틀림없이 좋은 친구일 것이다. 평판이 좋은 친구와 사귀어라. 평판이 좋다는 것은 인품이 훌륭하다는 증거다. 진실한 행동, 상대방에 대한 배려, 단정한 옷차림, 기품 있는 언어, 이런 것들이 모여서 향기로운 사람이 되는 것이다. 그것을 인품이라고 한다. 부디 네 인생을 행복하고 품위 있게 꾸려 나가기 바란다.

2014년 6월 1일

할머니, 낮에는 제법 바람도 불고, 약간 덥다는 느낌도 들었어요. 그러나 저녁이 되니 꼭 3월의 날씨 같아요. 여기서는 집에서는 볼 수 없는 밤하늘의 별을 볼 수도 있어요.

평소에는 밤하늘의 별 같은 것에는 별 관심도 없지만 어쩌다가 집이 그리울 때 하늘을 보면 별이 반짝반짝 빛나고 있어요. 꼭 '너 집이 그립구나' 하고 말을 거는 것 같아요. 지난주에 집에 갔다 왔는데 벌써 집 생각이 나요.

초등학교 때는 집이 그렇게 좋은 줄 몰랐어요. 어떤 때는 괜히 기숙사 생활을 하려고 했나 하고 후회할 때가 많아요. 그러나 공부를 위해서 온 것이니까 참는 수밖에 없어요. 열심히 즐겁게 지내려고 노력하고 있어요.

그리고 할머니를 못 만나고 그냥 기숙사로 들어올 때는 할아버지 할머니께서 저를 기다리지나 않으셨나 죄송한 생각이 들어요. 다음 주에는 꼭 할아버지 할머니 만나려고 생각하고 있어요.

할머니, 안녕히 주무세요.

2008년 6월 3일

사랑하는 재면아!

하다못해 가게에서 물건을 살 때라도 네가 꼭 지켜야 하는 예의가 있는 법이다. 예의란 네 품격을 위해서 지키는 것이지, 상대방을 위해서 하는 게 아니다. 예의는 사람의 뿌리이다. 사회에서 요구하는 사람은 특별한 재주가 있는 사람이 아니라, 예의범절을 잘 지키는 평범한 사람이다. 예의범절이 곧 공중 질서이니까. 학식이 많은 학자라도 예절을 모르는 무례한 사람이 있다. 그런 사람은 본인도 무례를 행하지만, 남에게서도 무례를 당할 수밖에 없다.

사랑하는 재면아!

넘침보다는 모자람이 낫다는 말이 있지만, 아무리 넘쳐도 모자람이 없는 것이 예절이라는 것을 항상 마음속에 담고 살아라. 아무리 박학다식한 연구와, 수려한 얼굴과, 재산을 많이 소유하고, 언변이 좋은 사람이라도 예의범절을 모르는 사람은 빈껍데기에 지나지 않는 사람이다. 그런 젊은이를 만나면 그의 부모, 조부모까지도 의심스럽단다. 예절이 없는 사람은 모든 것을 다 갖추었어도 아무것도 이루지 못한 사람이다. 예의범절은 재면이를 꽃길로만 인도할 것이다.

2014년 6월 3일

할머니, 사실은 기숙사 생활을 같이 하는 친구가 있는데, 간섭하는 부모님이 안 계시니 생활을 무질서하게 하고 있어요. 부모님은 집에서 자기 아이가 공부만 열심히 하는 줄 아는데, 밤늦게까지 게임을 하기도 하고, 아침에 늦게 일어나 씻지도 않고 교실로 달려가고는 해요. 친구 입장에서 무어라 할 수가 없어서 혼자 고민 중이에요. 친구 어머니에게 말하자니 고자질하는 것 같고, 기숙사 사감 선생님께 말하면 그 애가 곤란할 것 같아서 그냥 침묵으로 지켜보고 있어요.

제가 그 애와 반대되는 행동을 하면 스스로 깨달아 고쳐지겠지 하고 참고 지내기로 했어요. 그런데 할머니, 그 친구는 좋은 점이 많은 친구예요. 착하고 머리가 좋아서 수학 박사라는 별명을 갖고 있기도 해요. 어쩌면 그 친구보고 제 결점을 말하라고 하면 그 친구도 저의 어떤 행동 때문에 불편했다고 말할지도 모르죠. 그저 참아 주면서 지내기로 했어요.

2008년 6월 14일

사랑하는 재면아!

열심히 공부해서 일등을 하는 것이 교육의 목적은 아니다. 공부는 인격의 형성을 목적으로 해야 한다. 배움은 정신의 힘을 길러주고 정직하고 성실하고 근면하게 사는 삶이 무엇인지를 가르쳐주는 것이다. 열심히 암기해서 사법 고시나 의사 시험에 합격했다고 치자. 그러나 그 지식을 정의로운 데 쓰지 않고 개인의 영달이나 돈벌이, 협잡에 이용한다면 그 공부가 무슨 가치가 있겠느냐.

할머니가 책을 많이 읽으라고 누차 강조하는 것은 책에서 인간다운 삶의 가치를 배우고, 그 참다운 배움을 우리의 이웃, 그늘진 삶을 사는 사람들을 위해 선용하라는 뜻이다. 물론 공부도 중요하고, 그래서 좋은 학교에 들어가는 것도 중요하다. 그러나 더 중요한 것은 사람으로서 사람답게 살며 사람의 소중함을 받들어 실천하는 것이다. 그것은 어느 한때의 노력으로 되는 것이 아니고, 일생을 통해서 꾸준히 마음으로 깨닫고 행동으로 실행해 나가야 하는 것이다. 참된 인간의 길을 가기 위해 노력하지 않은 사람은 올바른 사람으로 설 수 없다는 것을 명심하기 바란다.

2014년 6월 14일

할머니, 저는 할머니의 편지를 읽으며 때로는 웃기도 하고, 때로는 고개를 끄덕이기도 하고, 한참을 깊이 생각하기도 할 때가 있습니다.

웃는 것은 할머니가 저를 너무 사랑하시기 때문에 걱정 안 해도 될 일을 걱정하실 때이고, 고개를 끄덕일 때는 할머니 말씀에 깊이 감동을 받았을 때고, 깊이 생각하는 것은 그 말뜻이 미처 납득이 안 되어서입니다.

매일매일 읽으며 우리 할머니가 나를 엄청엄청 사랑하시는구나 하고 눈물이 울컥 쏟아지려고 할 때도 있습니다.

할머니, 고맙습니다. 제가 할머니의 그런 크나큰 사랑을 받을 자격이 있나 하고 저를 되돌아보고는 합니다.

할머니, 저의 단점이 말을 잘 안 하는 것이라 지적하셨고, 약간 내성적인 것이 걱정이라고 하셨지만, 할머니! 저 필요 없는 말만 안 합니다. 말을 안 하는 것이 아니라 꼭 필요한 말만 하는 것이고, 내성적이 아니라 신중한 것이라고 고쳐서 할머니 가슴에 입력해 주세요. 그러나 그런 면도 아주 없지는 않겠지요. 고쳐 나가도록 하겠습니다.

2008년 8월 27일

사랑하는 재면아!

별로 할 일이 없는 사람들은 다른 사람들의 결점이나 스캔들에 관심을 갖는다. 그런 사람들은 자기 자신은 한 번도 성찰해 보지 않는 사람이다. 이 세상에 결점이 없는 사람이란 하나도 없다. 사랑하는 가족도 결점을 보려고 하면 안 보일 수가 없다. 완벽하지 않기 때문에 사람이다. 단지 완벽을 추구할 뿐이다. 누구든 단점을 보거든 눈을 감고 장점이 보이면 칭찬하는 습관을 익히도록 해라.

사랑하는 재면아!

배타적인 성격을 가진 사람들이 남의 일에 흠을 잡고 입방아를 찧는다. 그건 참 나쁜 버릇이고, 비인격적인 행위다. 그런 사람은 가까이 하지도 말고 멀리 하지도 말아라. 그냥 그 자리에 있든 말든 관심을 갖지 않으면 된다. 습관은 제2의 성격이다. 나쁜 습관은 고치기 어렵고, 좋은 습관은 익히기 어렵다. 나쁜 습관을 고치는 것도 인내이고, 좋은 습관을 익히는 것도 인내다. 네가 좋은 습관으로 주변 사람들을 점잖고 예의 바르면서 다정하게 대한다면 배타적인 사람은 자연히 네 곁에서 견디지 못하겠지.

2014년 8월 27일

할머니, 할머니께 기쁜 소식을 전하게 되었어요. 제가 오늘 전교 학생회장에 당선되었어요. 압도적인 표 차이로 당당하게 이겼어요. 그런데 낙선한 캠프의 친구들이 우는 것을 보니 승리의 기쁨을 겉으로 나타낼 수가 없었어요. 할머니의 평소의 말씀대로 패배한 친구의 마음을 모른 체하고 우리만 기쁨에 들뜬다는 것은 친구에 대한 예의가 아니고, 배려가 아니라고 생각했어요. 그러나 속으로는 무척 기뻤어요. 선거운동을 할 때의 피곤함은 생각도 안 나고, 새로운 힘이 솟는 것을 느꼈어요. 이것이 승리자의 성취감인가 봐요.

할머니, 저 학교를 위해서, 학생들을 위해서 훌륭한 학생회장의 역할을 충실히 하겠습니다. 그리고 공약도 꼭 지키려고 해요. 저만 생각하고 다른 사람은 심부름꾼이라고 생각하지 않겠어요. 누구에게나 칭찬받는 학생회장이 되겠습니다. 저 스스로 부끄럼이 없는 학생회장 역할을 잘 해 나가겠습니다.

할머니, 당선되고 할머니 생각을 제일 먼저 했어요. 할머니, 축하해 주세요.

2008년 9월 4일

사랑하는 재면아!

재면이가 이 세상에 온 후부터 할머니는 감탄과 사랑과 즐거움으로 살고 있다. 오늘이 할머니 생일인데, 재면이가 보내준 카드와 선물과 녹음된 테이프를 받고 할머니는 온 세상을 다 얻은 양 행복했단다. 할머니의 가장 큰 기쁨은 재면이를 사랑하는 일이다. 재면이는 할머니에게 모든 것을 극복할 수 있는 힘을 주고, 무아지경의 행복을 쏟아 준단다.

사랑하는 재면아!

재면이는 할머니에게 깨어 있는 꿈이고 이상이다. 재면이는 영혼의 대기(大氣)이다. 재면이는 할머니가 존재하는 근원이다. 세상을 살아가는 데에 많은 윤활유가 있지만, 할머니의 생활에는 재면이가 유일하고 가장 효과 큰 윤활유라는 것을 잊지 말기 바란다. 나이 들어 세상에 대한 집착이 느는 것은 재면이와 함께 이 세상에 오래 머물고 싶은 욕심 때문이다. 진정한 행복은 절제에서 생긴다고 하지만, 재면이에 대한 사랑만큼은 늘릴 수 있는 만큼 늘리고 싶구나. 재면이는 할머니의 행복의 샘이다. 할머니의 아름다운 믿음이다.

2014년 9월 4일

할머니, 오늘이 할머니 생신인데 만나지도 못하고 기숙사에서 축하 인사를 드려요. 금요일이라면 저녁에도 만날 수 있는데 목요일이라서 아깝게 됐네요.

9월 4일자 글을 읽었는데요, 할머니, 이 글은 제가 캐나다에 있을 때 쓰신 것이네요. 제가 할머니의 꿈이고, 이상이고, 영혼의 대기이고, 할머니가 존재하는 근원이라고 쓰셨네요.

할머니, 할머니께서 저를 이렇게 사랑하시고 믿어 주시는데 저도 할머니의 손자로서 열심히 살겠습니다.

제가 할머니 생신 때 캐나다에서 보내 드린 카드와 선물과 녹음 테이프를 그렇게 행복하게 받으셨다니 가슴이 먹먹해지네요.

할머니, 고맙습니다. 넘치게 받는 사랑은 훌륭한 사람이 되어서 보답하겠습니다. 할머니의 꿈대로, 할머니의 이상대로 커가겠습니다.

할머니! 생신을 축하드려요. 저의 꿈도 할머니이고, 이상도 할머니입니다.

건강하게 오래오래 제 곁에 계셔 주세요. 그것이 저의 꿈입니다. 저의 간절한 바람입니다.

2008년 9월 29일

사랑하는 재면아!

오늘은 우리 귀한 재면이의 생일이다. 할아버지 할머니의 메시아가 되어 이 세상에 네가 온 날! 하늘도 고요하고 땅도 고요했다. 너는 빛으로 이 세상에 와 할아버지 할머니의 영혼에 사랑의 빛을 점화시켰다.

너는 할아버지 할머니의 영혼에 새 희망의 싹을 틔운 위대한 생명이었다. 네가 온 후 할아버지 할머니의 생활은 너로 시작하여 너로 끝난다. 너는 우리에게 가장 큰 기쁨을 주는 보물이다. 너로 인해서 할아버지 할머니는 아침마다 즐거웠고, 날마다 행복했다. 백 년 사는 사람은 없는데 우리는 너와 천 년을 살고 싶구나.

사랑하는 재면아!

너의 생일을 세상의 모든 축복을 모아 축하한다. 사랑하고, 사랑하는 재면아!

2014년 9월 29일

할머니! 어제 할머니를 만나서 생일 선물도 받고, 용돈도 받고, 행복하게 학교로 돌아왔습니다. 어제 생일잔치를 했는데요, 오늘이 생일이라 그런지 벌써 어제가 그립게 느껴지네요.

할머니가 주신 카드를 몇 번이고 읽어 보았습니다. 온통 할머니의 사랑이 범벅이 되어 있네요. 학교생활이 좀 따분할 때가 있어도 할머니의 사랑을 생각하면 금방 힘이 솟아납니다. 그리고 어떤 힘든 일도 헤쳐 나갈 수 있는 용기가 막 생겨요.

이 세상에 저처럼 할머니와 뜻이 잘 통하는 손자는 없을 것 같아요. 할머니가 '사랑은 받는 것보다 주는 것이 더 행복하다'는 것을 저를 사랑하면서 깨달았다고 하셨지요. 그리고 제가 할머니 할아버지의 보물이라고도 하셨지요. 저는 행복합니다.

할머니! 생일을 축하해 주셔서 고맙습니다.

2008년 11월 20일

사랑하는 재면아!

『로빈슨 크루소』를 쓴 대니얼 디포는 감옥에서 그 유명한 소설을 쓴 것이다. 월터 롤리도 감금당한 상태에서 『세계사』를 썼다고 한다. 그리고 음악의 성인이라는 베토벤도 귀가 먹은 후 가장 절망적인 시기에 그 유명한 〈운명〉을 탄생시켰다. 그 이외에도 본인들이 가장 절망적인 시기에 대표작을 내놓은 예술가들이 많이 있단다. 또 마틴 루터도 바르트부르크 성에 숨어 지내면서 독일어로 신약 성서를 번역했다고 한다. 고난과 어려움을 겪는다고 못할 일은 없다. 고난을 무서워하지 마라. 피할 수 없는 상황이 되면 맞서 이겨내야 한다. 고난을 견디고 넘어서면 거기에 샹그리라가 기다리고 있단다. 한쪽 다리가 없는 사람이 춤을 잘 추는 것도 보았고, 눈이 안 보이는 사람이 피아노를 연주하고, 손발을 움직이지 못하는 사람이 입에 붓을 물고 그림을 그리고, 한쪽 팔이 없는 사람이 퉁소를 불고, 장애인 올림픽을 보고 있노라면 성성한 육신을 가진 것이 부끄러울 정도다. 시련을 겁내지 마라. 시련은 네게 더 큰 기쁨을 줄 것이다.

2014년 11월 20일

할머니, 대니얼 디포가 그 유명한 『로빈슨 크루소』를 감옥에서 썼다는 것을 오늘 할머니 편지글 보고 처음 알았어요. 오늘 할머니 쓰신 글에는 베토벤이 귀가 먹은 후에 그 유명한 〈운명〉을 작곡했고, 마틴 루터도 성에 숨어서 독일어로 신약성서를 번역했다는 것을 모두 처음 알게 되었어요.

아무리 힘들고 어려워도 하고 싶은 마음만 있으면 무슨 일이든지 할 수 있다는 할머니 말씀을 듣는 것 같아요.

어떤 어려움이라도 노력하면 이겨낼 수 있다는 말씀을 여러 번 하셨지만, 오늘은 그 뜻을 확실하게 알게 되었습니다. '환경이나 처지 때문에 못 이루는 것은 없다, 그런 환경 속에서 이겨내는 것이 더 보람 있다'고 하신 말씀대로 무엇이든 할 수 있다는 자신감을 가지고 생활하겠습니다. 매일 꼭 읽으려고 해도 매일 읽지 못하는 『행복이』도 매일 읽으려고 노력하겠습니다.

죄송합니다, 할머니.

2008년 11월 23일

사랑하는 재면아!

세계적인 부자 록펠러는 호텔에 묵을 때 제일 값이 헐한 일반 객실만 사용했다고 한다. 이상하게 여긴 호텔 직원이 "당신 아들은 제일 좋은 객실에 묵는데 당신은 왜 일반 객실에 머무느냐"고 물었단다. 그랬더니 록펠러가 "그 아이는 백만장자 아버지가 있지만 나는 그런 아버지가 없다"고 했단다. 많은 의미를 지닌 말이다. 힘들게 돈을 번 사람은 힘들었던 만큼 검소하지 않을 수 없다. 록펠러는 사회사업도 많이 하고, 공익을 위한 기부금도 많이 냈다. 그는 물질적으로도 부자였고 정신적으로도 부자였다. 그러나 이 세상에는 물질적으로는 부자지만, 정신적으로는 가난한 사람이 너무나 많다. 나폴레옹은 '부는 곧 물질'이라는 생각이야말로 참으로 어리석은 생각이라고 했다. 물질보다 더 귀한 것은 '위대한 마음'이라고 일깨웠다. 그러나 대부분의 부자들은 그런 말에 코웃음 치며 더 많이 벌고, 더 많이 갖기에 심혈을 기울이고 있다. 죽을 때는 동전 한 닢 못 가져간다는 것도 생각해 보지 않은 모양이다.

이 천민자본주의의 시대에 나폴레옹의 말이 새로운 것이 당연하면서도, 마음이 언짢구나.

2014년 11월 23일

할머니, 록펠러의 아들과 우리 아빠는 너무 다른 것 같아요. 록펠러의 아들은 아버지가 부자라고 좋은 호텔에서 자지만, 우리 아빠는 자기를 위해 돈을 쓰는 것을 다 사치라고 생각해요. 아빠의 검소함이 지나치다고 생각할 때가 더러 있어요. 그렇다고 저희들에게까지 그러지는 않기 때문에 아빠가 불쌍해요.

할머니가 아빠의 그런 면을 좀 고쳐 주세요. 가족만 위하지 말고 아빠 자신을 좀 위하라고요. 록펠러는 참 훌륭한 분이라는 생각을 했어요. 어릴 때 동화책에서 조금 알긴 했어도 11월 22일과 23일에 쓰신 록펠러에 대한 글을 읽고 새롭게 알게 되었어요.

그걸 읽으면서 명성도 중요하고 육체의 건강과 마음의 건강도 중요하다는 것을 새삼 느꼈어요. 저는 이렇게 간단하게 록펠러의 생애를 알게 되었어요. 다 할머니 덕분이에요.

할머니, 사랑해요.

2008년 11월 29일

사랑하는 재면아!

그 사람은 다시 또 49세에 상원 의원에 재도전하였으나 낙선하고 말았다. 그리고 3년 뒤인 52세에 미국 대통령에 당선되었다. 바로 에이브러햄 링컨의 이야기다. 그는 미국 역사상 가장 존경받는 대통령이 아니냐.

그의 불굴의 의지에 할머니는 고개가 숙여지더라. 실패를 성공의 어머니로 삼은 아주 훌륭한 예다. 누가 링컨을 실패를 많이 했다고 무시하겠느냐. 그도 실패할 때마다 자신감을 잃었을 것이고, 낙심하고 낙망했을 것이다. 그러나 그는 좌절하지 않고 절망하거나 포기하지 않았다. 실패가 거듭될 때마다 그는 조금씩 조금씩 강해졌을 것이다. 그러면서 자기의 부족한 점을 개선하고 보완에 보완을 거듭했을 것이다. 그런 여러 번의 실패에 주저앉지 않고 다시 시작한 링컨이기에 마침내 미국의 대통령에 당선되었던 것이다.

그는 대통령이 되어서 노예를 해방시키는 위대한 업적을 남겼다. 그의 실패의 결과는 찬란한 성공이었다. 인생은 그런 것이다.

2014년 11월 29일

할머니, 어릴 때 링컨 위인전을 읽었는데, 지금 제 머릿속에는 노예를 해방시킨 훌륭한 미국 대통령이라는 사실만 기억이 되고 있어요. 이렇게 엄청난 고통과 좌절을 겪었는지는 몰랐어요. 실패를 성공의 어머니로 삼은 좋은 예라고 생각해요.

제가 초등학교 5학년 1학기 때 전교 부회장에서 떨어졌을 때 제가 카카오톡에 올린 글을 할머니도 기억하고 계시리라 생각해요. '실패했을 때는 실패라 쓰고 경험이라 읽는다.' 저도 실패에 머무르지 않고 2학기에는 전교 부회장에 당선되었고, 6학년 때는 전교 회장에 당선되었던 기억이 나요.

저도 실패했을 때는 또 기회가 올 것이라 생각하고, 무엇 때문에 실패했는가를 곰곰이 따져 보고, 실패의 원인을 극복하려고 노력했어요. 중학교에 와서도 그런 것을 경험했지만 저는 낙담하지 않고 새로운 일에 도전하는 태도를 지니려고 애썼고, 지금도 그 마음은 변함이 없어요.

제가 할머니의 손자인데 그럴 수는 없지요. 링컨도 9번을 실패하고 10번째에 대통령이 되었네요.

할머니, 저도 실패를 두려워하지 않고 앞만 보고 나가겠어요.

2008년 12월 7일

사랑하는 재면아!

매일매일 이렇게 불러도 또 부르고 싶은 재면아!

신이 불공평하다고 불만을 토로하는 사람이 있다. 어떤 사람에게는 재능도 주고 행운도 주면서 왜 나에게는 아무것도 주지 않느냐고 불평하는 사람을 자세히 관찰해 보면, 그는 성공한 사람들의 결과만 보고 그 과정의 노력을 보지 않는 사람이다. 아무런 준비도 없이 성공이 올 리 없잖느냐. 누구든 열심히 자기가 하는 일에 신명을 다 바친다면 신은 외면하지 않고 손을 잡아 줄 것이다.

그래서 아인슈타인은 '성공은 준비된 두뇌만을 사랑한다'고 했다. 성공의 기회는 누구에게나 평등하게 주어지는데, 그 기회를 놓치지 않는 사람은 성공하고, 기회를 준비하지 않은 사람은 실패한다. 공부를 하지 않고 시험을 잘 보리라고 기대하는 사람은 없을 것이다. 기회가 오지 않는다고 낙담하지 말고 노력하여 기회를 만들면 된다. 고생한 대가가 기회다. 성공의 비결은 자기 자신이다. 비결을 가지고 있으면서 성공하지 못한다면, 그가 성공을 시도해 보지도 않은 때문이다.

2014년 12월 7일

할머니, 할머니께서 매일 저를 생각하시는 것처럼 저도 할머니 생각을 매일 합니다. 할머니가 저를 이처럼 사랑해 주시니 저는 이 세상에 부러운 것이 하나도 없어요. 할머니 생각을 하면 재면이는 게을러질 수가 없어요. 할머니가 원하는 손자로 성장하기 위해 노력하고 또 노력합니다. 그리고 할머니 말씀대로 아인슈타인의 말을 가슴 깊이 새기겠습니다.

'성공은 준비된 두뇌만을 사랑한다'는 말은 노력하지 않으면 성공할 수 없고, 꾸준히 노력하면 성공이라는 열매는 저절로 열린다는 말인 것 같아요.

저는 할머니 편지를 한 번만 읽는 것이 아니고 그 뜻을 잘 모르면 두 번, 세 번 읽어요. 읽다 보면 '아아, 이런 말이구나' 하고 깨닫게 돼요.

할머니, 사실 학교 공부가 많아서 할머니 편지를 못 읽고 지낼 때가 너무 많아요. 시험 때도 못 읽고, 너무 피곤해도 못 읽고, 어떤 때는 졸려서 못 읽어요.

그러나 이런 것은 다 변명이라는 것도 알아요. 할머니는 저의 변명도 사랑해 주실 것 같아요.

할머니, 진짜, 엄청 사랑해요.

2008년 12월 11일

사랑하는 재면아!

빈둥빈둥 놀면서 성공하기를 바란다면 그 사람은 머리가 아주 나쁜 사람이거나, 얼간이다. 성공한 사람들의 면면을 들여다보면 첫째, 부지런하고, 둘째, 무엇이든지 해낼 수 있다는 용기, 셋째, 강한 의지, 넷째, 자신감을 가지고 있더라. 그런 것들이 합쳐져 성공을 이끌어낸 것이다. 내일의 행복한 삶을 위해 나는 어떻게 살고 있나를 점검해 보아라. 혹시 미진한 점이 있다면 곧바로 고치려고 노력해야 한다.

등산가 엄홍길 대장은 8,700미터 높이에서 발을 잘못 디뎌, 로프에 발목이 감겨 다리와 허리가 180도로 돌아가는 사고를 당했다. 다리와 허리가 골절되었는데도 4천 미터까지 누워서 내려오는 투혼을 보였다. 어떤 위험 속에서도 신념을 굽히지 않았고 죽음과도 맞서 싸웠다. 그는 의지 하나로 세계에서 제일 높은 산을 정복하게 된 것이다. 그의 원대한 포부는 그런 사투 끝에 이루어진 것이다. 노력하지 않고 성공을 바라는 사람은 천치나 바보나 얼간이임에 틀림없다.

2014년 12월 11일

할머니, 등산가 엄홍길 대장 이야기에 감동을 받았어요. 8,700미터 높이에서 발을 잘못 디뎌 죽을 뻔한 사고를 당하고, 또 그 사고를 견디고 살아 돌아온 얘기는 아무리 상상해도 믿을 수가 없어요. 말이 4천 미터지 상상도 안 돼요. 우리나라의 그 어떤 산보다도 높은 산에서, 다친 몸으로 누워서 4천 미터를 내려왔다는 것은 도저히 상상할 수가 없고, 사람의 의지가 이렇게 무서운 것인가를 다시 생각하게 돼요.

그의 의지가 세계에서 제일 높은 산을 정복하게 했다는 말씀도 감명 깊었어요. 노력하라는 말씀으로 듣고, 저도 노력하겠습니다. 어떤 힘든 일도 의지만 있으면 이겨 낼 수 있다는 할머니 말씀 가슴에 꼭 담아 두겠어요.

등산가 엄홍길 대장도 참으로 훌륭한 분입니다. 그런 노력을 했기에 세계에서 1등을 했군요. 여러 분야에서 이름을 낸 사람들의 노력을 저도 배우겠어요.

할머니, 할머니가 원하는 제가 되기 위해 노력하겠습니다.

2008년 12월 31일

사랑하는 재면아!

어느덧 1년이 지나갔다. 처음 할머니가 이 글을 시작할 때는 아주 훌륭하고 좋은 이야기를 써서 우리 재면이 인생의 정다운 안내서가 되게 하려고 했다만, 다 써 놓고 보니 미진한 점도 있고, 아쉬운 점도 많이 있구나. 그래도 할머니의 사랑을 생각하며 날마다 하루씩의 분량을 꼭 읽었으면 좋겠다. 시간을 3분 정도 할애하면 된다. 더러 반복되거나 문장이 안 되는 곳이 있으면, 반복되는 것은 중요한 문제라서 할머니가 다시 언급한 것이라고 생각하고, 문장이 좀 어색한 것은 할머니가 피곤해서 잘못 썼구나 하고 이해해 주기 바란다. 매일매일 읽으면서 빙그레 미소 짓는 재면이의 모습을 그려 보며 할머니는 한없이 행복하단다.

사랑하는 재면아! 1년만 읽고 꽂아 두지 말고 해가 바뀌면 다시 또 읽고, 다시 해가 바뀌면 또 읽으면서 영원한 할머니의 정다운 속삭임이라 여겨다오.

할머니가 쓴 글에 쓴 약이 있을지 모르나, 그것은 아마 너의 앞길을 여는 보약이 될 것이다. 이 글은 할머니의 가슴이고, 깊은 사랑이니, 뜻으로 읽어 주기 바란다.

2014년 12월 31일

할머니! 오늘이 12월 31일. 이 해도 끝나가고 있어요. 새해 첫날 첫 아침에 첫 마음은 할머니 편지를 하루도 빼놓지 않고 읽는다는 것이었는데, 그 결심이 흐지부지 되고 말았어요. 이제 몇 시간만 지나면 내년인데, 저는 열여섯 살이 되어요. 1학년, 2학년, 새로운 환경에 적응하느라고 힘들었어요. 내년에는 3학년이니까 고등학교 입학도 생각해야 되고, 이 『행복이』도 다 읽으려고 해요. 할머니가 하루에 2분이나 3분이면 읽을 수 있으니 매일매일 읽으라고 하신 말씀 지키려고 노력하겠어요. 하루도 빼놓지 않고 2분이나 3분을 읽는 것이 아주 쉬운 일인 줄 알았는데, 직접 해 보니 엄청 힘이 드네요.

할머니가 중학교 입학 선물로 주신 것을 2년이 지나가고 있는데도 처음부터 끝까지 하루도 빼지 않고 읽기가 참 어려워요. 매일 밥을 먹듯이, 잠을 자듯이, 꼭 책을 읽으라고 하셨는데, 이렇게 짧은 글도 읽지 못해 저 자신에게 실망을 느껴요.

할머니 열심히 읽겠습니다. 하루도 빼놓지 않고 꼭 읽겠습니다. 약속.

2008년 1월 1일

달은 별 중에 으뜸

해는 밝은 것 중에 으뜸

재면이는 사람 중에 으뜸

사랑하는 재면아!

할머니는 우리 재면이에게 무언가를 많이 해 주고 싶은데, 네게 그 어떤 것을 준다 해도 마음이 차지 않을 것 같아 이 노트에 할머니의 마음을 담아 주기로 했단다.

무엇보다도 귀한 글을 네게 주고 싶다. 할머니가 이 세상에 와서 사는 동안 읽으며 감명을 받았던 글이나, 세상을 사는 데 지혜를 주었던 말들을 골라 네게 들려주려고 한다. 이 글이 재면이가 이 세상을 살아가는 데 조금이나마 도움이 되고, 힘이 되고, 위로가 된다면 할머니는 참으로 행복하겠다.

아가일 때부터 유난히 총명하고 영특했던 재면아!

네가 가는 인생길에는 꽃밭만이 펼쳐지기를……. 사랑하는 재면아! 이 세상에서 가장 소중한 우리 재면아!

2015년 1월 1일

어젯밤에 한 결심, 오늘 아침부터 실천하려고 합니다. 『행복이』를 표지부터 자세히 보니 '행복이'라는 공작품은 제가 초등학교 1학년 때 할아버지 할머니께 드린 선물이네요. 잘 간직하셨다가 표지로 쓰셨다니 놀라워요. '표지화 조재면'이라고 표지 뒷면에 써 넣으신 걸 보고 눈물이 나려고 했어요. 늘 새해가 되면 다시 되풀이해 읽으라는 말씀도 그대로 따르겠습니다.

할머니에게 제가 그토록 소중한 존재라는 것을 생각하면 가슴이 따뜻해지는 것을 느껴요. 할머니가 재면이 할머니인 것이 저는 제일 행복합니다. 할머니의 바람대로 성장해 가겠습니다. 할머니, 할머니, 속으로 할머니를 부르면 마음이 편안해집니다.

제가 겉으로 표현은 잘 못 하지만 할머니를 엄청 사랑하는 거 아시죠? 말이 너무 없다고 하시지만 이렇게 편지로 할머니와 대화하는 것도 너무 좋아요.

할머니처럼 저는 매일 편지는 못 쓰지만 할머니를 매일 생각하는 것은 아시겠죠?

할머니, 건강하게 오래도록 제 곁에 계셔 주세요.

2008년 1월 14일

사랑하는 재면아!

슬프고 괴로울 때는 세상에는 그보다도 더 슬프고 불행한 일이 많다는 것을 생각하거라. 그리고 슬프고 괴로운 것이 꼭 나쁜 것만은 아니니다. 그건 인생을 살아가는 데 필요한 자양분일 수도 있으며, 긴 인생의 경험을 쌓아 가는 과정이기도 하다. 아무리 힘들었던 일이라도 지나고 나서 돌아보면 추억 속에 그리움으로 자리 잡아 삶을 아름답게 꾸며 주기도 하더라. 행복했던 시절만 아름다운 것은 아니다. 어려웠거나 괴로웠을 때의 추억이 더 그립고 소중하더라. 추워서 손을 호호 불던 어린 시절은 말할 것도 없고 시험공부 하느라 졸린 눈을 비비던 그때도 참으로 행복했던 때로 그리워지더구나. 독일 속담에 '쓴맛을 맛보지 않은 사람은 단맛도 모른다'고 했다. 구름 뒤에는 햇빛이 있고 낮이 지나면 밤이 온다. 그리고 기쁨 뒤에는 괴로움이 있기 마련이고, 괴롭고 슬픈 일이 있은 다음에는 또 기쁨이 찾아온다. 모든 힘든 일들은 잘 견뎌내는 데 의미가 있단다. 오늘이 네 아빠의 생일이다. 할머니에게는 아주 의미 깊고 기쁜 날이다.

2015년 1월 14일

할머니! 요즘은 방학이라 시간이 좀 납니다. 그래서 계속해서 『행복이』를 읽을 수 있었어요. 할머니의 편지는 그 어느 것 하나도 놓치고 지나가면 안 되는 글들이었어요. 할머니는 제 걱정을 많이 하시고 또 제가 훌륭한 사람으로 커가는 방법을 일일이 쓰셨군요. 이런 할머니의 바람대로 생활하고 있으니 걱정하지 마세요.

사실 작년에는 『행복이』를 못 본 날도 많았어요. 한번 잊고 지내면 한 달이나 못 보게 되는 때도 많았어요. 그럴 때면 할머니께 죄를 짓는 기분이었어요. 할머니를 만나면 공연히 죄송스럽기도 했구요. 더구나 할머니께서 "요즘 『행복이』 잘 읽고 있지?" 하고 물으셨을 때 "네" 하고 조그맣게 대답했던 것은 못 읽는 날이 많아서였어요. 죄송합니다.

오늘은 아빠 생일이라서 가족이 모두 모여서 행복했어요. 독일 속담 얘기 쓰신 것 읽었어요. '쓴맛을 맛보지 않은 사람은 단맛도 모른다'는 글을 읽으며 어떤 어려운 일도 견뎌 내야만 기쁨이 오고 행복이 온다는 말씀으로 알았어요. 할머니의 아들이 우리 아빠니까 참으로 행복해요.

할머니, 사랑합니다.

2008년 1월 18일

사랑하는 재면아!

남이 저지르는 잘못은 모두 용서하도록 노력하거라. 그러나 절대로 용납해서는 안 되는 것이 있다. 그것은 자기 자신이 저지른 잘못이다. 대개 사람들은 남의 잘못은 심하게 질타하면서도 자기의 잘못에 대해서는 무감각하고 관대할 뿐 아니라 또 금방 잊어버린다. 남의 잘못은 마음에 담아 두지 말고 그저 흘러가는 바람결인 듯 대하거라. 네가 생활하는 데 도움이 되지 않는 일은 너그럽게 대하고 빨리 잊는 것이 좋다.

사랑하는 재면아!

지나온 일 중에서 잘못된 일은 언제나 반성하는 습관을 갖도록 하거라. 그렇다고 반성이 탄식이 되어서는 안 되고, 잘못된 일을 다시는 반복하지 않기 위해서 반성을 해야 한다는 말이다. 진솔한 자기반성은 자기 자신을 신선하게 변화시켜 준다. 그 변화는 다가오는 삶에서 후회를 줄이고 밝은 새 길을 열어 줄 것이다. 나는 네가 관대하고 너그러움을 지닌 멋진 사람이 되기를 소망한다. 너는 분명 그렇게 될 것이다.

2015년 1월 18일

할머니, 잘못한 일을 다시 반복하는 사람은 미래가 없는 사람이라는 글을 읽었어요. 사람은 누구나 다 잘못을 저지를 수밖에 없다는 말씀에 다소 용기를 얻을 수 있었어요. 자기반성이 없는 사람은 발전할 수 없다는 말씀도 도움이 되었어요.

다른 사람이 저지르는 잘못은 모두 용서하고, 자기 자신이 저지른 잘못은 절대로 용서하지 말라는 말씀 꼭 기억하겠습니다. 그러나 자기 자신은 아무 잘못도 안 했는데 다른 사람만 잘못을 한다고 생각하기가 쉽지만, 할머니 말씀대로 남의 잘못은 아예 보지도 않고 저만 잘하려고 노력하겠어요.

할머니의 바람대로 저는 관대하고 너그러움을 지닌 멋진 사람으로 커 가겠습니다.

할머니, 사랑합니다.

2008년 1월 29일

사랑하는 재면아!

할아버지 할머니의 결혼기념일을 축하해 주어 고맙다. 오늘 결혼기념일이 한층 뜻깊은 것은 할아버지 할머니의 결혼으로 재면이가 태어났기 때문이다. 결혼이란 하늘에서 내린 인연이고 땅에서 완성되는 사랑이다. 할아버지 할머니가 결혼을 했기에 우리 재면이가 이 세상에 왔으니 재면이는 할아버지 할머니 인생의 완성이다.

사랑은 그리고 결혼은 자손만대의 역사다. 행복한 결혼 생활을 이루어간다는 것은 자기의 이기심을 버려야 하고, 믿음을 가져야 하고, 서로의 결점을 눈감아줘야 비로소 완벽해지는 것을 말한다. 사랑은 사랑할 줄 아는 사람에게 오는 것, 서로 사랑하는 결혼만큼 행복한 성공은 없다. 과일나무는 제 열매를 익게 하는 것으로 만족한다고 한다. 할머니는 그렇게 네 아버지를 키웠고 지금은 재면이와 재서가 있어서 인생에 더 큰 의미와 보람을 느낀다. 사랑을 하면 사랑을 얻고 덕행을 행하면 덕행을 얻는 것이다. 부디 착한 마음으로 착한 사람과 인연을 맺거라.

2015년 1월 29일

할머니, 결혼 48주년을 축하드려요. 마침 방학이라 할아버지 할머니 아빠 엄마 재서랑 같이 여행하게 되어서 너무나 행복합니다. 김제에 있는 아리랑문학관, 아리랑문학마을, 아리랑문학비를 다 돌아보게 되어서 너무나 황홀했습니다. 아리랑문학비를 보니까 제막식 날이 2000년 9월 29일이네요. 제가 세상에 태어난 날에 할아버지 문학비가 세워지다니 우연의 일치가 아니고 필연인 것 같아요. 저는 어깨가 으쓱해지기도 했지만 손자로서 책임이 무겁다는 생각도 했어요.

태백산맥문학관에 걸려 있는 제 사진을 보고 너무나 부끄럽고 기뻤어요. 더구나 제가 캐나다에서 캐나다 친구들에게 가르쳤던 한글 자모도 전시되어 있어서 뿌듯하기도 하고 약간 부끄럽기도 했어요. 할아버지가 저를 사랑해 주시는 만큼 저도 할아버지를 존경하고 사랑합니다. 할아버지 같은 할아버지는 이 세상에 한 사람도 없을 것 같아요. 저는 할아버지 할머니의 손자인 것이 자랑스럽습니다. 이건 아주 작은 목소리로 말하고 있는 것이에요.

2015년 5월 8일

할머니, 오늘은 어버이날이네요. 아침부터 할아버지 할머니 생각을 많이 했어요.

할아버지 할머니는 자식이 아빠 한 명이라서 이런 날은 많이 쓸쓸하실 것 같아요. 그러나 저와 재서가 있으니까 괜찮으시죠?

할아버지 할머니의 사랑은 불가능이 없게 합니다.

할아버지 할머니의 사랑은 저를 행복하게 합니다.

또 저를 강하게 하기도 합니다.

힘들어서 주저앉았다가도 용기를 내서 일어서게도 합니다.

할아버지 할머니의 그 사랑은 저의 우주입니다. 마찬가지로 할머니의 우주는 재면이인 것도 잘 알아요.

할머니, 할머니 말씀대로 용기 있는 그리고 지혜로운 재면이가 되겠습니다.

할머니, 사랑합니다. 기숙사에 있으니 꽃도 못 달아 드려 죄송합니다.

할머니, 건강하게 오래오래 사세요.

먼저 핀 꽃이 먼저 진다는 글을 읽었습니다.

그것이 자연의 순리라고 했습니다.

'자연의 순리'라는 말을 잘 압니다.

그러나 저는 그 말이 싫습니다. 너무 무섭습니다.

할머니는 언제까지나, 언제까지나 제 곁에 계셔야만 합니다.

그게 저의 가장 큰 소망입니다.

2008년 5월 17일

사랑하는 재면아!

스스로 자신의 결점을 인식하기란 쉽지 않다만, 결점을 찾아내면 곧바로 고치도록 해야 한다. 결점 없는 사람이 없겠지만, 고쳐나가려는 노력을 꾸준히 한다면 얼마든지 자기 변화를 이끌 수 있다. 그런데 누구나 결점을 결점인 줄 모르는 것이 가장 큰 문제다. 만성질환인 줄 모르다가 어느 날 갑자기 사형선고를 받는 것과 마찬가지로, 자기 결점을 모르고 행동하다가 사람들에게 자꾸 손가락질받고 따돌림을 당하게 되면 그 얼마나 불행하고 치욕스러운 일이냐. 치욕은 날카로운 칼보다 더 마음에 상처를 입힌단다. 그러니 그런 치욕을 당하지 않으려면 네 스스로의 인격 연마에 늘 힘써야 한다.

모든 사람들이 좋아하고 우러르고 존경하고 따르는 사람이 되거라. 결점인 줄 알면서 그것을 고치려 하지 않는 것이 가장 큰 결점이다. 그것이 인간의 속성이기도 하지만, 재면이는 그런 어리석음을 범하지 않기를 바란다. 우리 재면이는 이미 그런 염려에서 벗어나 있을 것이지만 노파심에서 할머니가 한번 짚고 넘어가려는 것이다. 같은 일로 두 번 실수하는 어리석음을 범하지 않기 바란다.

2015년 5월 17일

할머니, 오늘 집에 갔다 왔어요. 금요일에 나갔다가 일요일에 들어오는데도 집에는 잠깐 있다 오는 것 같고, 금방 그립기도 해요.

할머니께서 모든 사람들이 좋아하고 우러르고 존경하는 사람이 되라고 하신 말씀 잘 새기겠습니다. 그리고 결점인 줄 알거든 그것을 금방 고치라고 하신 말씀도 잘 기억하겠습니다. 제 결점이 무엇일까 하고 깊이 생각해 보는 시간이 되었어요.

제 결점은 말을 잘 하지 않는 것이라고 할머니께서 말씀하셨지만, 그렇지도 않아요. 친화력이 좀 부족한 것은 사실일지도 모르지만, 저는 친구들을 다 좋아하는 편이에요. 제가 친구들을 좋아하면 친구들도 저를 좋아할 것 같아요. 그리고 좀 마음에 안 드는 친구도 있지만 절대로 겉으로 표현을 안 하니까 그 친구는 제 마음을 모르지요.

언제나 할머니 말씀대로 결점이라고 생각되면 꼭 고치려고 노력하겠습니다. 결점을 결점인 줄 모르는 것이 가장 큰 문제라는 말씀! 알았습니다, 할머니.

2008년 6월 8일

사랑하는 재면아!

할머니는 세상을 살아오면서 '이것은 너무 늦게 알게 되었구나' 하고 후회하는 일이 많았다. 일찍 깨달았으면 실수 없는 삶을 누렸을 텐데 너무 늦게 깨달아 후회하고 탄식하는 일을 많이 만들었단다. 그래서 재면이는 그런 일을 덜 겪게 되기를 바라는 마음으로 할머니의 경험을 네게 매일 당부하게 되는구나. 경험은 캄캄한 어둠 속의 등불과 같은 것이니까.

상대방이 아무리 호기심을 발동시키는 말을 해도 너와 관계없는 일에는 부화뇌동하지 말아라. 혹 관심이 가는 일이 있어도 속으로만 생각하고, 겉으로는 그 감정을 드러내지 말아라. 감정은 언제나 아무도 모르게 마음속에 묻어 두고 겉으로는 잔잔한 호수처럼 조용해야 한다. 상대방이 듣기 싫은 말을 한다고 표정이 금방 변하고, 말이 거칠어져서는 안 된다. 반대로 듣기 좋은 말을 한다고 금방 좋아하는 반응을 보여서도 안 된다. 감정보다 이성을 앞세우면 냉정해 보이고 이성보다 감정을 앞세우면 무분별한 사람처럼 보일 수도 있으니, 이성과 감정을 잘 다루어서 네 의지를 효과적으로 나타내기 바란다. 감정에 속지 말고, 이성에 너무 제압당하지 말기를 바란다.

2015년 6월 8일

할머니, 할머니의 경험에 비추어서 할머니가 실수한 것을 제게 말씀해 주시면서 저는 그런 일을 덜 겪게 하려고 오늘 글을 쓰셨네요. 할머니, 이성과 감정을 잘 다루라고 하신 말씀 알 듯 하면서도 참으로 어려운 말인 것 같아요. 감정에 속지 말고, 이성에도 너무 제압당하지 말라는 말씀은 좀체로 그 뜻이 머리에 잡히지 않네요. 그러나 그것이 무슨 뜻인지는 어렴풋이 알 것도 같고요.

상대방이 좋은 말을 해도 금방 좋아하는 반응을 보이지 말라는 뜻은 잘 알겠고요. 상대방이 듣기 싫은 말을 해도 그 말을 듣고 금방 반응을 보이지도 말라는 말씀도 잘 알았습니다.

저는 이 글을 읽으면서 할머니의 목소리도 같이 듣고 있어요. 할머니가 이렇게 걱정하시는 것은 제가 앞으로 살아가면서 훌륭한 사람이 되라고 기도하시는 것이라고 생각합니다.

할머니, 고맙습니다. 편히 주무시기를!

2008년 6월 30일

사랑하는 재면아!

어떤 장애물에 걸려 넘어졌을 때 우리는 누가 일으켜 주지 않아도 곧바로 일어난다. 이처럼 육체의 고통에는 금방 대처하면서, 마음이 세상의 덫에 걸려 넘어지면 치유할 생각은 않고 그 고통을, 슬픔을, 비참함을 마음에 쌓아 둔다. 그렇게 하다 보면 그것이 자꾸 커져서 분노가 쌓이게 된다. 마음에 병을 얻게 되는 것이다. 마음의 병에는 약이 없다. 병을 유발시킨 마음이 약이다. 그렇기에 마음을 잘 단련시켜 어떤 모욕도 참아내야 하고, 어떤 괴로움도 견뎌 내야 하며, 어떤 분노도 자제할 수 있어야 한다.

할머니는 '길이 아니면 가지 말고, 옳은 말이 아니면 탓하지 않는다'는 말을 세상 사는 지팡이로 의지하며 살아왔다. 그런 경험으로 네게 하는 말이니, 우리 재면이도 마음에 천국을 만들기 바란다. 더러 완고하고 오만한 사람을 만나거든 너의 겸손과 인품으로 이겨 내기 바란다. 훌륭한 사람들의 일생은 실천된 복음서이니, 여러 분야에서 일가를 이룬 사람들의 일생을 배우려무나. 언제나 마음을 어질고 온화하게 가져 자신의 생명에 이롭게 하기 바란다.

2015년 6월 30일

할머니! 장애물에 걸려 넘어졌을 때 저는 금방 일어나지만, 제가 캐나다에 갔을 때 운동장에서 심하게 넘어진 적이 있어요. 초등학교 2학년 때인데요. 여러 가지로 적응하느라고 힘든 때였어요. 영어로 말도 통하고 알아듣기도 했지만, 그래도 무언가 불안하고 서툴렀어요. 그런 환경에서 넘어져서 다리가 너무 아팠어요. 화장실에 들어가서 한 시간 정도는 울었던 것 같아요. 다리도 아팠지만, 마음도 아팠어요. 누가 보는 것이 싫어서 화장실 문을 닫고 펑펑 울었어요. 엄마한테는 넘어져서 울었다고 했지만 꼭 그것만은 아니었지요. 할머니의 오늘 편지를 읽으니 그때 생각이 갑자기 났어요.

마음이 더 아팠는지도 모르지요. 울고 났더니 조금 시원해진 것 같았거든요. 지금 생각하면 어떻게 캐나다에 가서 적응했는지 제가 참 훌륭하다는 생각이 드네요.

할머니, 할머니의 편지는 짧지만 제게 많은 도움을 주고 있어요. 할머니의 기대에 어긋나지 않는 손자가 되려고 합니다. 지켜봐 주세요.

2008년 7월 2일

사랑하는 재면아!

2007년에 뽑은 세계에서 가장 영향력 있는 인물 1위가 누군지 아느냐. 그는 세계에서 가장 부자인 마이크로소프트사의 빌 게이츠 회장이다. 아마 빌 게이츠에 대해서는 네가 할머니보다 더 잘 알 것이다. 그는 13세 때 처음으로 PC를 접하고 컴퓨터에 관심을 갖게 되었고, 그 후 마이크로소프트사를 창립하여 사업을 하기 시작했다고 한다. 그가 어느 고등학교에 가서 강연을 하였는데, '하버드대학교 졸업장보다 독서하는 습관이 더 중요하다'고 말했다. 그리고 어린 시절부터 길러온 독서의 습관이 성공의 비결이라고 했단다. 그래, 어렸을 때부터 익힌 좋은 습관은 인생을 성공으로 이끄는 위대한 스승이며 가장 믿을 수 있는 안내자다. 그래서 할머니가 네게 독서하는 습관을 익히라고 때때로 듣기 싫을 만큼 강조하는 게 아니겠느냐.

비단 빌 게이츠뿐만 아니고 세계적으로 큰 성공을 거둔 사람들은 모두가 독서하는 습관이 지금의 나를 있게 했다고 술회하고 있더라. 그리고 이런 말도 있다. '천재란 머리가 좋은 사람들이 아니라 평생에 걸쳐 다양한 책을 줄기차게 많이 읽은 사람들이다.' 명심하기 바란다.

2015년 7월 2일

할머니, 2007년에 세계에서 가장 영향력 있는 인물이 빌 게이츠 회장이었군요. 빌 게이츠는 열세 살 때부터 PC를 접했고 컴퓨터에 관심을 갖게 되었다니, 저는 지금 열여섯 살인데 특별하게 관심 갖는 것이 없고 그저 공부만 열심히 하고 있으니 빌 게이츠가 부럽네요. 빌 게이츠가 한 강연 중에 "하버드대학교 졸업장보다 독서하는 습관이 더 중요하다"고 말했군요.

할머니가 빌 게이츠에 대해 말씀하시는 의도를 잘 알았습니다. 책을 읽는 습관을 몸에 배게 하라는 말씀 실천하도록 노력하겠습니다. 핑계이기는 하지만 공부 때문에 마음 놓고 책을 읽을 수가 없어요. 이런 공부를 왜 하는지 짜증이 날 때도 있어요. 그러나 학생은 공부하는 사람이니까 공부하는 틈틈이 책도 읽겠습니다. 할머니가 쓰신 이 『행복이』도 책 읽는 습관에 도움을 줍니다.

어렸을 때부터 익힌 좋은 습관은 인생을 성공으로 이끄는 위대한 스승이고 가장 믿을 수 있는 안내자라는 말씀을 머릿속에 꼭꼭 넣어 두겠습니다. 할머니, 책을 많이 못 읽어서 죄송합니다.

2008년 7월 9일

사랑하는 재면아!

진정으로 강한 사람은 자기가 하고 싶은 일을 어떠한 장애나 어려움에도 불구하고 끝끝내 이루어내는 사람이다. 사람의 일생이라는 것은 끊임없는 노력의 연속이다. 무거운 짐을 지고 먼 길을 끝도 없이 가는 것과 같다. 무거운 짐을 내려놓고 편하게 가고 싶다고 생각한다면 인간으로 태어나지 않는 길밖에 없다. 그러니까 무겁다, 멀다, 힘들다 생각 말고 꾸준히 줄기차게 끈질기게 가는 것만이 현명하고도 유일한 해결책이다. 도중에 하차도 안 되고, 뛰어갈 수도, 쉬어갈 수도 없는 것이 인생의 길이다. 더구나 마음에 욕심이라는 짐을 얹으면 그 길은 더 멀고 지루하고 힘이 들 것이다.

맑고 밝은 마음으로, 화가 나도 참고, 분노도 이기고, 남을 원망하지도 말고, 묵묵히 걸어가라. 그 길목 길목에 행복이라는 꽃이 너를 반길 것이다. 먼저 가는 사람이 있어도 굳이 앞서려고 애쓰지 말고, 네 갈 길을 서두르지도, 지치지도 말고 걸어가는 성실한 인내를 기르기 바란다.

2015년 7월 9일

할머니! 할머니는 제게 진정으로 강한 사람이 되라고 하셨네요. 어떤 어려움이 있어도 자기가 해야 할 일을 끝끝내 이루는 사람이 되라고도 하셨고요. 끊임없이 노력하라는 말씀도 하셨고요. 먼저 가는 사람이 있어도 굳이 앞서려고도 하지 말고, 서두르지도 말고, 지치지도 말고, 꾸준히 걸어가는 인내심을 기르라는 말씀을 오늘은 제게 하셨네요.

할머니, 할머니의 편지를 읽으면서 저는 제가 제대로 살고 있는가 하고 반성의 시간도 갖게 됩니다. 그러면서 할머니의 바람대로 살아야겠다는 결심 같은 것도 하게 됩니다. 할머니 말씀대로 따른다면 저뿐만 아니라 그 누구든지 훌륭하지 않을 수가 없겠지요.

할머니가 쓰신 글을 읽으면서 '우리 할머니 참 훌륭하시다'고 느끼기도 합니다. 그런 할머니의 손자라는 것이 행복하기도 하지만, 부담스럽기도 해요. 그러나 그런 마음을 떨쳐 버리고 행복한 손자로 살겠습니다.

할머니, 사랑합니다. 건강하세요.

2008년 7월 19일

사랑하는 재면아!

할머니가 기독교보다 불교를 더 선호하는 이유는 기독교는 신에 의존하는 종교이지만, 불교는 인본주의에 바탕을 둔 종교이기 때문이다.

우리의 삶에 대한 정의를 올바르게 짚어 주고, 그리고 그 해결책을 스스로 정진해서 이루어 내게 하는 가르침 때문에 불교의 경전에 더 이끌리는 것이다. 내가 깨달아, 내가 나를 이겨 내고, 또 내가 나를 가르치는 불법을 할머니는 항상 마음 가까이에 두고 살았다. 아마도 인간의 완성을 이루는 길을 인도하는 불교의 교리에 심취했었던 것 같다.

자신의 통찰력을 키우고, 애증 속에서도 자아를 잃지 않는다면 그것보다 더 좋은 길이 어디 있겠느냐. 천국으로 가는 길이 가장 쉽다고 가르치는 것도 종교고, 그 길로 가는 길이 가장 어렵다고 가르치는 것도 종교다. 가장 쉽게 천국으로, 마음의 천국으로 갈 수 있는 길이 불교의 초월적 가르침에 있는 것 같다.

할머니의 천국은 재면이다. 재면이는 할머니의 천국이다. 그런데 할머니의 욕심이 한 가지 있다. 재면이의 천국도 할머니였으면 좋겠는데…….

2015년 7월 19일 몽골에서

할머니, 지금 저는 몽골의 드넓은 푸른 초원의 비포장도로를 달리고 있어요. 옆에는 풀을 뜯고 있는 말과 양이 있고요. 간혹 가다 게르에 살고 있는 주민들도 보이네요. 푸른 하늘과 높은 산들이 서로 맞닿아 있는 듯하기도 해요. 그리고 어제 도착해서 밤하늘의 별을 보았는데, 공기가 맑아서인지 별들이 정말 쏟아져 내리는 줄 알았어요. 〈몽골 1일차 끝없는 초원에서 두 시간째〉(할머니에게 핸드폰으로 보낸 문자 편지입니다.)

정말 몽골의 푸른 초원은 넓고 넓네요. 제가 어제 비포장도로를 태어나서 처음 달려 보았는데, 몸이 너무나 흔들려서 팔과 다리가 제대로 붙어 있나 의심이 갈 정도였어요. 처음 해보는 경험이라 약간 두렵기도 했는데, 좋은 추억으로 남을 것 같아요. 할머니는 저를 아직도 어린애로 보시지만 혼자서도 이렇게 잘 견디고 있어요. 열다섯 살이면 독립운동을 할 나이라고 할아버지께서 하신 말씀이 틀린 말씀은 아니었어요.

건강하게 있다가 돌아가겠으니 염려 마십시오.

2008년 7월 20일

사랑하는 재면아!

무서운 개도 조련사의 훈련에 의해서 길들여지고, 거친 말도 조련사의 조련에 의해서 말 잘 듣는 순한 말로 길들여지듯이 사람도 조련이 필요하다고 생각한다. 그러나 사람은 자기 자신이 스스로를 길들이는 조련사가 되어야 한다. 언어를 길들이고, 행동거지를 길들이면 훌륭한 사람이 될 수 있다. 네가 너를 만들어 나가야 한다. 말도 감정 내키는 대로 하지 말고 심사숙고한 후에 조리 있고 차분하게 해야 한다.

말은 마음의 초상이고, 행동의 거울이고, 생명의 영상이다. 말에도 향기가 있다는 생각을 해 본 적이 있느냐? 좋은 향기로 네 주위에 사람이 많이 모여들게 하거라. '건강한 귀는 병든 말을 듣고도 참을 수 있다'는 세네갈의 격언을 새겨듣기 바란다. 그러나 병든 귀는 좋은 말도 알아듣지 못하는 불구이다.

사랑하는 우리 재면아! 네가 캐나다로 떠난 지 꼭 한 달이 되었구나. 참 많이 그립고, 보고 싶다. 할아버지는 아침마다 네 사진 앞에서 "재면아, 재면아!" 부르며 아침 인사를 한다. 그리고 "사무치는 그리움이 무엇인지 이제야 알 것 같다"고 하신단다.

2015년 7월 20일 몽골에서

할머니, 몽골은 참으로 넓은 땅을 가진 나라네요. 땅 면적은 우리나라 15배인데 인구는 300만 명밖에 안 되고, 해발고도 1,600미터에 있는 고원 국가라고 하네요. 13세기 초 칭기즈칸이 등장해 역사상 최대의 몽골 대제국을 건설하였는데, 중국에 빼앗겼다가 1924년에 독립한 나라예요.

인구의 90퍼센트가 라마 불교를 믿고요. 아직도 몽골 전통 가옥인 게르에 살고 있는 사람들도 있어요. 게르는 1.2미터 높이로 된 원통형 벽으로 이루어져 있고 지붕은 둥글군요. 마치 우주를 표현하고 있는 것 같아요.

몽골은 겉으로 보기에는 우리나라보다 아주 열악한 환경에서 국민들 모두가 고생하는 것 같았어요. 그런데 그들은 조금도 불편해하거나 불행해 보이지 않고 너무나 평화롭고 행복해 보였어요. 물질의 풍요는 누리지만 경쟁 사회에 사는 우리나라 사람들보다 훨씬 더 행복하게 살고 있는 것 같았어요. 사막화를 막기 위해 나무 심기 프로젝트를 실행하기 위해 왔는데 고생은 되네요.

할머니, 또 쓰겠습니다.

할머니!

2008년 8월 2일

사랑하는 재면아!

재면이는 무엇을 하며 살고 싶으냐. 어느 누구도 대신 살아 줄 수 없는 단 한 번뿐인 인생의 주인인 너는 네 인생의 동반자고, 안내자이고, 스승이고, 감시자다. 그렇기에 날마다 행복을 느끼느냐, 불행을 느끼느냐 하는 것도 너 자신이 결정하는 문제다. 네 인생의 훌륭한 지휘자가 되어서 위대한 오케스트라를 연주하기 바란다. 믿을 것은 오로지 너 자신일 뿐이다.

우리는 매일 아침 눈을 뜨면서부터 많은 선택을 하게 되어 있다. 큰 일에서부터 사소한 일에 이르기까지, 해야 할까, 말아야 할까, 무엇을 먹을까, 무엇을 입을까, 그 문제는 어떻게 처리해야 할까. 잠들 때까지 수많은 선택을 해야 하는 것이 우리네 삶이다.

그런 모든 것들을 너는 너 자신과 상의해서 결정을 내릴 것이다. 자기 자신과의 합의 아래 이루어진 결정에는 후회하거나 갈등할 필요가 없다. 잘 내린 결정도 잘못 선택한 결정도 모두 자신이 한 것이니 누구를 원망하겠느냐. 자기 자신을 신뢰하는 것은 행복한 일이다.

2015년 8월 2일

할머니, 7월에는 기말시험과 몽골에 다녀오느라 할머니 편지를 거의 못 읽었습니다. 이제 여름방학이고 또 집에 와 있으니 매일매일 읽으려고 해요. 매일 읽는다는 것이 생각보다 많이 어렵네요. 방학이라고 하지만 학교만 안 갈 뿐이고, 생활은 더 바쁜 것도 같아요.

저는 공부기계가 된 것 같아요. 기계는 하루라도 돌아가지 않으면 녹이 슨다고 하지만 사람은 좀 놀면서 공부해야 오히려 녹이 안 슬 것 같은데, 할머니 생각은 어떠세요. 할머니는 언제나 쉬라고 하시지만, 지금은 쉬는 것이 공부하는 것이고, 공부하는 것이 공부하는 것이지요.

이제 중학교 생활도 끝나가는 학기예요. 여러 가지로 마음이 착잡합니다. 고등학교 진학을 앞두고 제 나름대로 고민도 많고 걱정도 많아요. 할머니는 쓸데없는 생각이라고 하시겠지만 그건 저를 위로하려고 하시는 말씀이겠지요. 할머니는 저를 전지전능한 손자라고 생각하지만 저 그렇게 훌륭한 사람이 아닌 것 같아요.

어느 누구도 대신 살아 줄 수 없으니 저 자신을 믿고 모든 것을 저와 상의하라는 말씀은 너무 저를 믿는 것은 아닐까요?

2008년 8월 30일

사랑하는 재면아!

그때그때 최선을 다하고, 그 최선의 노력에 만족하는 데에 의미를 두거라. 최선을 다했으니 좋은 결과가 나와야 한다고 기대하면 초조하고 불안한 마음이 생긴다. 아무리 노력해도 될 일만 되고, 안 될 일은 안 된다. 결과에 대해서 너무 신경을 쓰다 보면 생활이 얼마나 고달파지겠느냐. 인생이 피곤해지고 재미없어진다. 최선을 다하고 나서, 그 최선을 즐겨라. 결과에 연연해하지 않으면 편안한 마음으로 또 다른 일에 최선을 다하게 될 것이다. 세상의 모든 일은 언제나 최선을 다한 사람의 편이다.

그것이 자연스런 법칙이다. 남이 어떻게 생각할까 노심초사 하는 것은 피곤한 일이다. 너 스스로 자신을 인정하고 부끄럽지 않다면 그것으로 흡족하고 훌륭한 일이다. 언제나 당당하게 너를 인정하고, 떳떳하게 행동하거라. 자기 자신에게 집중하고, 너 자신의 일을 차분하게 해 나가면, 너의 좋은 머리는 늘 행복의 문을 열어 줄 것이다. 자신의 마음에 집중하는 것은 마음을 평온하게 하는 방법이다.

2015년 8월 30일

할머니, 방학 때 『행복이』를 열심히 읽으려고 했는데 뜻대로 되지 않았어요. 개학을 하고도 며칠이 지나서야 이렇게 할머니께 편지를 씁니다.

할머니는 그때그때 최선을 다하고 그 최선의 노력에 만족하라고 하시지만, 열심히 시험공부를 했는데 실수로 틀리면 그것으로 만족할 수가 없어요. 몰라서 틀린 것이면 좀 더 노력하면 되지만 실수로 틀리면 아주 오랫동안 제가 미워지고, 저를 불신하게 되네요.

결과에 신경 쓰지 말라고 하시지만 사람들은 결과에만 후한 점수를 주기 때문에 결과에 연연하지 않을 수가 없어요. 저도 결과에 따라서 행복해지기도 하고 불행해지기도 하네요. 이런 제 속도 모르고 엄마는 불만스러운 행동을 보입니다.

물론 엄마는 저를 위해서 그러겠지만 저도 최선의 노력을 하고 있기 때문에 엄마의 관심에 짜증을 내지 않을 수 없어요. 최선을 다하고 나서 그 최선을 즐기라고 할머니는 말씀하시지만, 결과가 나쁘게 나오면 최선은 최악이 되고 말아요. 2학기에는 더 열심히 노력하려고 마음을 굳게 먹었습니다.

2008년 9월 4일

사랑하는 재면아!

재면이가 이 세상에 온 후부터 할머니는 감탄과 사랑과 즐거움으로 살고 있다. 오늘이 할머니 생일인데, 재면이가 보내 준 카드와 선물과 녹음된 테이프를 받고 할머니는 온 세상을 다 얻은 양 행복했단다. 할머니의 가장 큰 기쁨은 재면이를 사랑하는 일이다. 재면이는 할머니에게 모든 것을 극복할 수 있는 힘을 주고, 무아지경의 행복을 쏟아 준단다.

사랑하는 재면아!

재면이는 할머니에게 깨어 있는 꿈이고 이상이다. 재면이는 영혼의 대기(大氣)이다. 재면이는 할머니가 존재하는 근원이다. 세상을 살아가는 데에 많은 윤활유가 있지만, 할머니의 생활에는 재면이가 유일하고 가장 효과 큰 윤활유라는 것을 잊지 말기 바란다. 나이 들어 세상에 대한 집착이 느는 것은 재면이와 함께 이 세상에 오래 머물고 싶은 욕심 때문이다. 진정한 행복은 절제에서 생긴다고 하지만, 재면이에 대한 사랑만큼은 늘릴 수 있는 만큼 늘리고 싶구나. 재면이는 할머니의 행복의 샘이다. 할머니의 아름다운 믿음이다.

2015년 9월 4일

할머니, 생신 축하드려요. 지난 일요일 드리고 왔던 생일 카드대로, 못 만나도 생각하면 만난 것이나 마찬가지지요. 저는 이 세상에서 할머니가 저를 제일 사랑하신다고 믿고 있어요. 마찬가지로 저도 할머니를 사랑합니다.

저를 믿어 주시고 이해해 주시고 사랑해 주시는 할머니! 저는 할머니만 생각하면 힘이 솟아나고 무엇이든지 할 수 있다는 용기도 생기고 아무튼 마음이 행복에 싸이게 됩니다.

할머니가 이 세상에 오셔서 저는 행복합니다. 이 행복함을 할머니는 잘 모르실 거예요. 할머니도 제게는 이상이고 꿈입니다. 영혼의 대기입니다. 저의 윤활유도 할머니입니다. 할머니, 아무것도 하시지 마시고 건강에만 신경 쓰시기 바랍니다.

지금부터 할머니가 하실 일은 제 곁에 오래오래 건강하게 계시는 것뿐입니다. 저를 사랑하시는 만큼 건강에도 마음 쓰시기 바랍니다.

할머니! 생신 축하드려요. 그리고 할머니가 재면이 할머니인 것이 행복하고 또 행복합니다.

2008년 9월 18일

사랑하는 재면아!

착한 사람과 가까이하거라. 그의 착함을 배울 수 있으니 그가 곧 스승이다. 악한 사람이라고 너무 배척하지 말아라. 악한 사람의 행실을 보고는 그것이 나쁘다고 깨닫게 되니 그 또한 스승이다. 착한 사람과 사귀면 마음이 항상 편안하고, 악한 사람과 사귀면 마음이 항상 불안할 것이다. 착함은 배우고 악함은 멀리하거라.

그리고 마음이 넓은 사람이 되고 싶거든 남을 용서하고 용납할 줄 알아야 한다. 그러나 너는 남에게 용서받고 용납받는 자가 되지는 말아라. 또한 자신을 귀하게 여기는 만치 남을 귀하게 여기거라. 자기를 과시하고 싶거든 남의 과시도 보아 주어라. 어떤 사람도 무시하거나 가볍게 여기지 말고, 천하게 취급하지 말아라. 남의 잘못을 귀로 들었다 하더라도 그것을 입에 올려 전하지 말아야 한다. 남의 험담에 흥미를 갖지 말고, 남의 칭찬을 들어도 시샘하지 말고, 남의 악행을 들어도 같이 거들거나 동조하지 말거라. 누가 뭐라고 하든 묵묵히 자기가 뜻한 대로의 인생을 조용히 살아가거라.

2015년 9월 18일

할머니의 말씀은 그른 것이 하나도 없습니다. 읽으면 읽을수록 뜻이 심오하게 머릿속에 들어옵니다. 할머니 말씀만 어기지 않으면 저는 성인이 될 것입니다. 따르도록 노력하겠습니다.

착한 사람과 가까이하라는 말씀은 전적으로 동감하는데요, 악한 사람을 너무 배척하지 말라는 말씀은 약간 고개가 갸웃거려졌어요. 그러나 그에게도 배울 점이 있다는 말씀에 금방 고개가 끄덕여졌어요.

그렇지요. 악한 사람의 행실을 보고 그것이 나쁘니 그런 행동을 하지 말라는 말씀이셨네요. 착함은 배우고 악함은 멀리하라는 말씀, 새겨듣겠습니다.

그리고 남을 용서하고 용납할 줄 알아야 된다는 말씀도 깊이 마음에 담아 두겠습니다.

할머니, 사실은요, 저 지금도 그렇게 하고 있어요. 저는 절대로 친구들을 무시하거나 업신여기지 않아요. 공부 잘하는 친구들도 결점이 있고, 공부를 조금 못하는 친구들도 배울 점이 얼마나 많다고요. 저는 친구를 가리지 않고 사귀고 있어요. 아마 그런 저를 친구들이 알고 학생회장으로 뽑은 것일지도 몰라요.

할머니, 편히 주무세요.

2008년 9월 24일

사랑하는 재면아!

행복은 깨끗한 마음과 검소한 생활에서 생긴다. 마음을 깨끗이 한다는 것은 남을 시기하거나 질투하거나 욕심을 부리지 않는 것을 말하고, 검소한 생활이라는 것은 낭비하지 않고 넉넉하다고 허투루 버리지 않는 것을 말한다. 넉넉할 때 아껴야 된다는 뜻이다.

인품과 인격은 자기를 낮추고, 상대방을 높이는 데서 나타나고, 그렇기에 인품을 가진 사람은 언제나 마음이 고요하고 편안하다.

아무 근심 할 필요가 없는데, 욕심을 부리기 시작하면 근심이 쌓이게 된다. 욕심을 과하게 부리지 않는 삶이 가장 행복한 삶이다. 경솔하고 교만하면 재앙을 만나기 쉽고, 마음이 착하고 온순하면 천사를 만날 수도 있다. 모든 것은 원인이 있기에 결과가 있는 것이다. 쓸데없는 일에 욕심을 내는 것은 자기 스스로를 구렁텅이에 밀어 넣는 어리석음이다. 욕심으로 야기되는 추한 행태가 많다만, 세상에 소문난 부자들이 돈을 더 갖겠다고 소송을 하는 것이 대표적인 추함이겠지.

2015년 9월 24일

할머니, 내일부터 하와이로 가족 여행을 가게 되어 너무 행복해요. 저는 할아버지와 할머니와 함께 여행하는 것이 아주 유익한 것 같아요. 많은 추억과 경험은 제가 살아가는 인생에 윤활유가 되겠지요. 그리고 억압된 일상생활에서 벗어나 자유를 누린다는 것도 여행의 의미라고 생각됩니다. 더구나 가족 간의 협력, 그동안 소홀했던 대화, 여러 가지 의미에서 가족여행의 소중함을 느낍니다.

할머니가 오늘 제게 쓰신 편지는 깨끗한 마음을 가지라는 것이네요. 저는 특별히 남을 시기하거나 질투한 일이 없는 것 같습니다. 부러운 적은 더러 있어도요. 쓸데없는 일에 욕심을 부리는 것은 스스로를 구렁텅이에 밀어 넣는 어리석음이라는 말도 가슴에 와닿네요. 그런데 할머니, 쓸데 있는 일에도 욕심을 부리면 심신이 고달파져요.

이 세상 무슨 일이든 욕심을 내지 않고는 이루어지는 일이 없어요. 아무튼 쓸데없는 일에는 아예 눈도 돌리지 않겠어요.

할머니, 내일부터는 같이 있게 되어서 너무 좋아요.

할머니, 사랑합니다.

2008년 10월 2일

사랑하는 재면아!

어렸을 때의 습관은 어른이 되어서도 고치기 어렵다. 할머니의 한 가지 걱정은 재면이가 잠을 안 자려고 하는 데 있다. 뇌가 쉬지 못하면 큰 병이 생긴다. 눈을 뜨면 무슨 생각이든 하는 것이 뇌인데, 충분히 휴식을 취하지 않으면 어떻게 되겠느냐. 밤 8시부터 멜라토닌이 나오고 성장 호르몬이 나온다는데, 너는 12시까지 안 자는 습관이 있어서 걱정이다. 밤 12시 이후에는 멜라토닌이, 그리고 성장 호르몬이 나오지 않는단다. 사랑하는 우리 재면이가 건강하게 잘 지내려면 잠자는 습관을 바꿔야 될 것 같다.

재면아! 그리고 또 과일과 채소를 많이 먹는 습관을 들이거라. 사과에는 펙틴이 많아 장의 기능을 활발하게 해 주고, 배는 효소가 많은 편이어서 소화를 돕는 작용을 한다. 또, 강한 알칼리성 식품으로 혈액을 중성으로 유지시켜 각종 병을 예방한다고 한다. 감은 칼슘을 많이 가지고 있어 이뇨 작용이 뛰어나고, 몸의 저항력을 높여 준다. 단, 꼭지와 가운데 흰 부분은 먹지 말거라. 소화를 저해하는 요소가 흰 부분에 있기 때문에 체하면 약도 없고, 변비를 유발하기도 한다.

2015년 10월 2일

할머니, 8일간의 여행이었는데 너무 짧게 느껴졌어요. 여행은 정신적 자유를 누리는 것이라고 하지만 여행 중에도 내내 학교와 공부가 머리에서 완전히 떠나지 않았어요. 서양 속담에도 있듯이 노새가 여행을 갔다 왔다고 말이 되어서 왔겠어요? 저도 돌아오니 또 틀에 박힌 공부가 저를 압박하고 드네요. 겉으로 표시는 안 하지만 이 틀 속에서 하루빨리 벗어나고 싶다는 생각을 많이 합니다. 완전한 자유는 언제 오려는지요. 제가 하고 싶은 일만 하고 제가 느끼고 싶은 것만 느끼는 것이 완전한 자유겠지요.

이번 여행에서는 바다는 제주 바다나 하와이 바다나 똑같이 푸르다는 것을 느꼈고, 그러나 여행 온 사람들의 피부 빛깔도 다르고, 생각도 다르고, 생활 습관도 다르다는 것을 느꼈어요. 그러나 참 즐거웠어요.

할머니의 오늘 글은 잠을 충분히 자라는 것과 과일과 채소를 많이 섭취하라는 내용이네요.

할머니, 요즘에는 잠이 모자라서 피곤한 적도 많아요. 채소와 과일은 별로 안 좋아하지만 신경 써서 먹을게요.

할머니, 제 걱정은 하지 마시고 할머니 건강 조심하세요.

2008년 10월 18일

사랑하는 재면아!

세상에 태어나는 것은 선택이 아니었지만, 태어난 다음부터는 모든 것을 선택해야 하는 게 우리네 인생사다. 친구를 선택하는 일도, 직업을 선택하는 일도, 아내를 선택하는 일도 다 자신들의 몫이다. 그 수많은 선택이 인생을 풍요롭고 행복하게 하기도 하고, 삭막하고 불행하게 하기도 한다. 그만큼 선택 하나하나가 다 중요한 것이다. 진실한 삶의 의미는 무엇일까. 옳은 선택을 한 다음, 그 선택을 성취시키기 위해서 최선을 다하는 것, 그 최선의 노력이 경험으로 축적되어 그다음의 선택을 보다 쉽게 해결할 수 있는 능력이 되는 것, 그리고 그것이 발전적인 삶의 기쁨과 보람이 되는 것이다.

또 다른 선택도 있다. 개미가 될 것이냐, 베짱이가 될 것이냐, 선택은 언제나 네 자유다. 일단 선택한 후에는 후회하지 말고 끝까지 노력해서 자신의 선택에 만족해야 한다. 그것이 성공적 삶의 의미다. 선택은 스스로의 권리인 동시에 의무다. 언제나, 무슨 일이나 올바른 선택을 해야 하는 기로에 서면 너의 명석한 판단력을 최대한 발휘하거라.

2015년 10월 18일

할머니, 세상에 태어나는 것은 선택이 아니었지만 태어난 후 모든 것은 선택이라고 하셨네요. 선택에 대해서 깊이 생각해 보지 않았었는데 할머니 말씀을 듣고 곰곰이 생각해 보니 모든 것이 선택에 의해서 이루어지네요. 사소한 모든 일에서부터 큰일까지 매일매일 선택하면서 생활하고, 그 선택의 성취를 위해서 노력하는 것이네요.

개미가 될 것이냐, 베짱이가 될 것이냐고 물으셨는데, 저는 개미의 삶을 선택했어요. 이미 초등학교 때부터 자연스럽게 개미의 삶을 선택해서 살고 있어요. 그러나 개미의 삶이 아주 행복한 것은 아닌지도 모릅니다. 개미도 더러는 베짱이가 되고 싶고, 베짱이도 개미가 부러울 거예요. 선택은 스스로의 권리인 동시에 의무라고 하셨네요. 할머니, 그 선택을 신중하게 결정하기 위해 노력하겠습니다. 선택을 해야 하는 기로에 섰을 때 할머니 생각을 하겠습니다. 할머니라면 이런 때 어떻게 하실까, 할머니는 나의 선택에 언제나 박수를 보내 주실 것이다, 이런 믿음을 가지고 현명하게 선택하겠습니다. 그러나 그렇게 신중하게 결정한 선택에도 후회하게 되는 때가 있겠지요. 그러므로 신중, 침착하렵니다.

2008년 10월 19일

사랑하는 재면아!

살아가면서 주기만 하는 일은 없다. 반대로 받기만 하는 일도 없다. 받으면 주게 되어 있고, 주면 언젠가는 다른 모습으로라도 받게 되어 있다. 그러나 재면이는 언제나 주는 입장에 서기를 희망하거라. 그것이 행복한 인생이다.

더 많은 것을 갖고 싶어서 욕심을 부리는 사람은 언제나 그 욕심에 치여 불행해진다. 좋은 지위에 오래 머물고 싶어서, 더 많은 재물을 갖기 위해서 동분서주하는 사람들은 자기가 쳐 놓은 덫에 꼭 치이고 말더라. 바다를 가는 배가 무리하게 항해를 하면 좌초하거나 침몰하기 쉽다.

우리 인생도 항해와 같다. 자기의 능력만큼 속도를 내고 차분한 여유 속에 앞길을 내다봐야 한다. 무리하게 과욕을 부리면 배는 가라앉게 되어 있다. 석가모니와 예수는 똑같이 탐욕을 부리지 말라고 가르쳤다만, 수많은 인간들은 그 가르침을 외면하여 숱하게 불행에 빠졌단다. 마음과 몸을 가볍게 하여 인생이라는 바다를 순탄하게 건너야 한다. 흔하면서 귀한 한마디. 인생사 공수래 공수거.

재면이에게 가이없는 사랑을 보낸다.

2015년 10월 19일

할머니, '불행을 고치는 약은 오직 희망밖에 없다'는 셰익스피어의 말을 책에서 읽었던 적이 있어요. 오늘 할머니가 시술을 받으신다는 소식은 제게는 너무 무섭고 슬프고 괴롭습니다. 이 절망적인 불행 앞에서 셰익스피어의 말대로 희망만이 저를 위로해 줍니다. 할머니, 아무 일도 없었던 것처럼 무사히 퇴원하여 저희와 함께 밥 먹고 여행하며 행복한 날을 보내요. 할머니는 저의 희망입니다. 할머니가 안 계신 세상은 생각도 해 보지 않았습니다. 할머니, 저희 가족을 위해서 굳세게 그리고 강하게 용기를 내세요. 제가 할머니를 위해 기도한다는 생각을 하시면서 고통을 이겨 내어 주세요. 이 슬픈 마음을 오래도록 갖지 않고 이전과 마찬가지로 웃으면서 할머니를 만나게 해 달라고 기도합니다. 제가 세상에 태어나서 처음 해 보는 기도입니다.

할머니, 인생은 항해와 같다고 하셨지요. 배가 작은 암초를 만났다고 생각하시고 잘 피해서 순탄하게 건너오세요. 오늘따라 할머니의 편지를 읽으니 더 귀하고 소중하게 느껴집니다.

'이 세상에 있는 모든 신이시여! 우리 할머니를 이전의 건강한 모습으로 제 곁에 보내 주세요.'

오늘의 밤 기도입니다. 저도 할머니께 가없는 사랑을 보냅니다.

2008년 10월 22일

사랑하는 재면아!

세계적인 부자 록펠러는 이미 스물세 살 때부터 돈 버는 얘기가 아니면 웃지 않았다고 한다. 그래서 그는 서른세 살에 백만장자가 되었고, 마흔세 살에 세계 최대 규모의 석유 회사를 세웠고, 쉰세 살에는 세계적인 부자가 되었다. 그때 그의 얼굴은 할아버지가 되어 있었고, 몸도 병이 들어 산송장 같았다고 한다.

건강하던 록펠러가 돈을 벌기 위해 노력한 결과가 건강을 해치고 병을 얻게 된 것이다. 주치의가 병든 록펠러에게 꼭 지켜야 할 생활 수칙을 정해줬다.

첫째, 모든 걱정과 고민을 내려놓아라. 어떤 일이 일어나도 절대로 걱정하거나 고민하지 말아라.

둘째, 생활에 여유를 가져라. 긴장되고 약해진 몸과 마음을 풀어줄 수 있는 운동을 즐겨라.

셋째, 식사는 반드시 시간을 맞춰 하고, 과식하지 말고 알맞게 먹어라. 더 먹고 싶은 생각이 드는 순간 수저를 놓아라.

2015년 10월 22일

할머니, 무사히 시술을 마치고 퇴원하신 것이 제게는 크고 큰 선물입니다. 오늘은 하늘도 더 높고 푸른 것 같고, 햇빛도 더 반짝이며 빛나는 것 같습니다.

오늘 할머니가 제게 주신 글에는 모든 걱정과 고민을 내려놓으라는 록펠러의 생활 수칙을 쓰셨네요. 정말로 어제까지 했던 걱정과 고민은 오늘 생각하니까 안 해도 되는 걱정이었어요. 그리고 록펠러의 건강법에 대해서도 언급하셨네요. 밥은 시간을 맞추어서 먹고, 많이 먹지 말고 적당히 먹어라. 더 먹고 싶은 생각이 드는 순간 수저를 놓아라. 록펠러의 생활 수칙 중 이 식사에 대한 얘기는 습관이 되도록 노력하겠습니다. 할머니도 그렇게 하시기 바랍니다. 물론 할머니가 쓰셨으니 할머니의 경험에서 나온 것이라고 알겠습니다. 돈 버는 일이 아니면 웃지도 않았다던 록펠러는 돈은 많이 벌었지만 끝내 병을 얻고 말았군요. 그러나 록펠러는 돈에 연연하지 않고 건강에만 신경을 써서 98세까지 살았다니 훌륭한 선택을 한 것 같습니다.

이제 할머니도 다른 것에는 하나도 신경 쓰지 마시고 건강에만 신경 쓰셔서 98세까지 제 곁에 계셔 주십시오.

저의 소원입니다. 할머니, 재면이가 할머니를 사랑합니다.

2008년 10월 26일

사랑하는 재면아!

저 머나먼 옛날에 판도라의 상자가 열리면서 그 속에서 나온 것이 번뇌와 고통과 질병이라고 한다. 다른 곳에 있던 조물주가 얼른 인간에게 그것을 치유할 수 있는 방법을 가르쳐 주었다고 한다. 그 방법을 잘 이용하는 사람은 번뇌와 고통에서 벗어나 질병에 걸리지 않을 수 있고, 그렇지 못한 사람은 번뇌와 고통에서 헤어나지 못하고 병이 든다고 한다.

사람들의 병은 모두 마음속에 있는 분노와 슬픔과 괴로움 때문에 생긴다고 한다. 마음속 분노를 어떻게 다스려야 할까. 그 분노를 들어주고 위로를 해 주고 해결책을 마련해 주는 사람이 있으면 좋겠지만, 곁에 그럴 만한 사람이 없을 때면 어떻게 하면 되겠니. 그럴 때는 스스로 두 사람 몫을 해낼 수밖에 없다. 자기의 화난 감정을 큰 소리로 말하고, 그것을 귀로 듣고, 마음을 다스리는 방법을 찾아내 화를 삭이는 것이다. 그것이 불가능할 때는 책을 읽거나 음악을 듣거나 명상을 해서 그 화를 삭이고 다스리면 된다. 세월을 따라 습관화하다 보면 저절로 된단다.

2015년 10월 26일

할머니, 할머니가 빠르게 회복되고 계셔서 요즈음 저는 걱정이 없어졌어요. 제가 아프면 할머니도 제 마음 같으실 거라고 생각됩니다. 할머니도 건강하시고 저도 건강해서 행복한 나날이 이어지기를 바랍니다.

할머니가 쓰신 오늘 글에는 '번뇌와 고통과 질병'에 대한 얘기가 나오네요. 인간은 태어나면서 번뇌와 고통과 질병에 시달린다는 글을 읽으면서 약간 침울해졌었어요. 그러나 그것을 치유하는 방법도 가르쳐 주셨네요. 사람의 병은 모두 마음속에 있는 분노와 슬픔과 괴로움 때문에 생긴다고 하셨는데, 그런 괴로움을 갖지 않은 사람은 없을 것 같아요. 사람은 본래 마음속의 여러 생각 때문에 그런 감정을 갖게 되는 것이라고 생각해요. 바보가 아닌 다음에야 매일 좋기만 하고 행복하기만은 할 수 없잖아요. 책을 읽고 음악을 듣고 명상을 해서 그 좋지 않은 감정을 삭이라고 하신 말씀, 그렇게 해 보겠습니다. 그것을 잘 실행하는 사람이 편하게 행복하게 사는 사람인 것 같아요. 할머니, 초등학교 때 태권도 배울 때 명상 시간이 있었어요. 명상이 필요하다는 것은 그때 알았어요. 명상에 대해서는 다음에 또 얘기할게요. 할머니! 무지 사랑합니다.

2015년 11월 20일

할머니, 오늘 글을 읽으면서 『로빈슨 크루소』도 작가가 감옥에서 쓴 것이고, 베토벤도 귀가 먹은 절망적인 상태에서 〈운명〉이라는 노래를 탄생시켰다는 것이 새삼스럽게 읽히네요.

아무리 힘든 상황에 처해도 못 넘을 장애물은 없다는 뜻이네요. 고난과 어려움은 우리가 꼭 넘어서야 할 상황이지 그것 때문에 못 한다는 것은 노력하지 않은 사람의 치졸한 변명에 지나지 않는다는 것도 피부로 느껴졌어요. 피할 수 없는 고난은 없다는 얘기가 감명 깊었어요.

눈이 안 보여도 피아노를 치는 사람도 보았고, 손발을 움직이지 못하는 사람이 입에다 붓을 물고 그림을 그리는 것도 보았고, 한쪽 팔이 없는 사람이 통소를 부는 것도 보았어요.

그때는 아, 저 사람 참 대단하구나 하고 생각만 했었는데, 할머니의 글을 읽으며 생각해 보니 건강한 사람이 환경 때문에 못했다고 하는 것은 정말로 부끄러운 일이네요.

혹시 제가 그런 변명을 하지 않았는지 걱정이 됩니다.

시련을 겁내지 않겠습니다.

시련이 닥치면 더 큰 용기를 내어 이겨 나가겠습니다.

시련을 이긴 후의 기쁨을 만끽하겠습니다.

할머니, 날씨가 추워지고 있으니, 아니 많이 추워졌으니 감기 조심하세요. 저도 조심하겠습니다.

2008년 11월 25일

사랑하는 재면아!

사회적으로 성공하는 것보다, 돈을 많이 벌어 부자가 되는 것보다, 가장 고귀하고 소중한 것이 인품이다. 출세한 사람의 입에서 나오는 말이 천박할 때 출세는 보이지 않고, 천박함이 더 크게 보인다. 비록 그가 성공하지 못했다 해도, 물질적으로 풍요롭지 못하다 해도, 인품을 갖추고 있으면 그 향기로움으로 주위 사람들을 행복하게 해 준다. 성공도 물질적인 부도 세월이 가면 퇴색하지만 인품은 그가 세상에 존재할 때나, 죽어 이 세상을 떠났을 때도 영원히 그 향기를 간직하며 여러 사람들의 입에 칭송되는 시들지 않는 꽃이다.

사랑하는 재면아!

인품이란 거짓말하지 않고, 자기가 한 말에 책임을 지고, 양심에 부끄러움이 없도록 정직하면서 안분지족하는 것이다. 성공하지 못해도, 가난해도, 인격을 갖춘 사람은 존경받고, 성공해도, 돈이 많아도, 인격이 없는 사람은 손가락질 받는다. 자기의 값은 인품이다.

전문지식의 높이와 인품의 고결함은 비례하지 않는다. 지식과 상관없이 인품은 따로 갈고닦아야 하는 정신적 영역이다.

2015년 11월 25일

할머니, 할머니의 편지글을 읽으면 머리가 복잡해질 때가 있어요. 오늘도 사회적으로 성공하는 것보다, 돈을 많이 벌어 부자가 되는 것보다, 가장 소중한 것이 인품이라고 하셨는데, 제 생각은 좀 다릅니다.

사회적으로 성공하고 부자가 되면 인품은 저절로 따라오는 것이 아닌가요. 성공하고 부자가 되려면 모든 면에 인내하고 성실해야 하기 때문에 인품은 그때 이루어지는 것이라고 생각돼요. 물론 성공도 하고 돈도 많이 벌고 인품도 갖추면 좋겠지요. 할머니 말씀은 너무 사회적인 성공을 하려고 하고, 부자가 되려고 하면 자칫 인간이 갖추어야 하는 것을 못 갖추게 될지 모르니 인격 연마에 무게를 두라는 말씀이겠지만요.

전문지식을 갖춘 사람도, 돈이 많은 부자라도, 인품이 없는 사람도 많기는 많지요. 할머니 말씀대로 저는 모든 것을 두루 갖춘 인품이 고상한 어른으로 성장하겠습니다. 할머니께서 제게 이런 편지글을 쓰신 것은 정신적인 성장에 힘을 쏟으라는 것이겠지요.

할머니의 소망대로 성장하려고 노력하겠습니다.

2008년 12월 6일

사랑하는 재면아!

가령 물이 먹고 싶은데 일어나기 싫어서 그것을 피한다면 물을 마실 수 없다. 마찬가지로 원하는 그 무언가를 갖고 싶은데 노력하지 않으면 갖지 못하는 것은 당연한 이치다. 산꼭대기에 있는 것을 갖고 싶다면 산으로 올라가야 한다. 오르지 않고 누가 갖다 주기를 바란다면 사과나무에서 감 떨어지기를 기다리는 것과 같다. 얻고 싶으면 그와 상응하는 대가를 치르는 것이 원칙이다. 노력도 하지 않고, 고통을 회피하는 것은 파렴치한 짓이다.

할아버지와 할머니가 살아 보니 자신이 노력해서 이룬 것만큼 마음을 뿌듯하게 하고 행복한 것도 없더라. 자꾸 바라기만 하면, 자꾸 편한 일만 생각하게 된다면 무기력한 인간으로 전락할 수밖에 없다. 노력하지 않고 얻는 것이 무가치한 것은 말할 것도 없고, 부끄러운 것이다. 노력하지 않고 얻은 것은 물거품과 같이 사라진다. 그것은 진정한 내 것이 아니다.

'노력 끝에 성공.'

초등학교 시절 할머니 책상 앞에 붙어 있던 글귀다.

2015년 12월 6일

할머니, 할머니를 이렇게 매일 부르고 싶은데 학교생활도 매일 바빠서 할머니를 못 부르고 지나가는 날이 훨씬 많아요.

할머니가 초등학교 다닐 때 책상 앞에 써 붙여 놓았다는 '노력 끝에 성공'을 보면서 한참 동안 웃음을 참느라고 애썼어요. 할머니가 안 보시더라도 할머니의 행동을 보고 웃는 것은 예의가 아니라고 생각되었거든요. 모든 것은 노력에 의하여 얻어지는 것이 가장 보람된 가치라고 하신 말씀 딱 맞는 말입니다. 그런데 사람들은 노력에 의해서 얻으려고 하지 않고 요행을 바라기도 하지요.

노력한 것만큼만 내 것으로 하라는 말씀은 허황된 생각을 하지 말고 열심히 노력하라는 뜻인지 잘 압니다. 노력해서 얻은 것만 제 것으로 하겠습니다. 최소의 노력을 하고서 최대의 효과를 기대하지 않겠습니다. 물이 없으면 샘물을 파서라도 물을 구하겠습니다. 사과나무 밑에서 감이 떨어지기를 원하지 않겠습니다.

콩 심은 데서 콩이 열리듯이 노력한데서 노력의 열매를 따겠습니다. 할머니가 많이 회복이 되어서 요즈음 근심 걱정을 하지 않고 지냅니다.

할머니, 안녕히 주무십시오.

2008년 2월 17일

사랑하는 재면아!

새로운 환경을 접하게 되면 모두가 낯선 사람이다. 그 사람들과 사귀고 싶으면 네가 먼저 그의 친구가 되려고 해라. 그렇다고 과잉 친절이나 아부나 아첨의 말을 하라는 것은 아니다. 진실한 마음을 보내고, 진정으로 행동하면 그들의 마음의 문이 열릴 것이다. 누구든 하루아침에 친구로 만들기는 어려운 일이다. 친구를 사귀는 것은 인간의 집을 짓는 것이니, 한 장씩 벽돌을 쌓아 올리듯 정성스럽게 마음을 다해라. 슬퍼할 때 같이 슬퍼하기는 쉽다. 그가 앉아 있을 때 함께 앉아 있기도 쉽다. 그러나 그가 기쁠 때 같이 기뻐해 줄 수 있는가. 그렇다, 진정한 친구는 기쁠 때 같이 기뻐해 줄 수 있어야 한다. '사촌이 땅을 사면 배가 아프다'는 말이 있듯이 친구가 잘되는 것을 시샘하는 사람이 많다. 언제나 가까운 사람이 시기하고 질투하는 법이다.

재면아! 너의 마음씀에 따라 상대방의 마음도 정해진다. 항상 넓고 푸근한 마음으로 대해서 좋은 친구들이 네 인생에 숲을 이루기를 바란다. 삶의 길벗들이 좋아야, 인생이 즐겁고 행복한 것이다.

2015년 12월 17일

할머니 죄송해요. 할머니께서 걱정하실까 봐 말씀 안 드리고 싶었는데, 엄마가 할머니께 벌써 연락을 드렸던 것입니다. 할머니, 걱정하지 마세요. 제가 잘 견뎌 내겠습니다. 오늘 학교에서 축구를 하다가 실수로 넘어졌는데, 꼼짝을 할 수 없을 정도로 아팠습니다. 무릎의 십자인대가 끊어졌다고 했을 때 무척 겁이 났던 것은 사실입니다. 소식을 듣고 병원으로 달려오신 할아버지 할머니를 뵙게 되니 눈물이 나려고도 했고, 또 마음에 안정이 오기도 했습니다. 놀라서 저를 바라보시는 할아버지 할머니 앞에서 정말로 죄송한 마음이 들었습니다.

할아버지께서 다친 것이 마음 아파서 조심하지 그랬느냐고 하시니까, 할머니께서 조심했지만 재수가 없어서 그런 것이라고 저를 두둔하시면서 눈에 눈물이 고이는 것을 저는 보았습니다. 할머니, 죄송합니다. 할머니께 기쁨만 드리고 싶은데 또 마음 아픈 걱정을 드리게 되었네요.

오늘 쓰신 편지글을 억지로 읽었습니다. 좋은 친구를 사귀려면 네가 먼저 좋은 친구가 되라는 말씀 마음에 꼭 간직하겠습니다.

할머니, 걱정하지 마시고 편히 주무세요.

2008년 12월 31일

사랑하는 재면아! 1년만 읽고 꽂아두지 말고 해가 바뀌면 다시 또 읽고, 다시 해가 바뀌면 또 읽으면서 영원한 할머니의 정다운 속삭임이라 여겨다오. 할머니가 중학교에 입학했을 때 할머니의 오빠가 입학기념 선물로 톨스토이의『인생독본』을 사 주었다. 50년이 지난 지금까지도 할머니는 그 책을 책상 위에 두고, 그때 할머니의 오빠가 바라던 삶을 살려고 노력했단다. 50년 동안 한 번도 할머니 책상에서 떠나 본 적이 없는『인생독본』은 표지도 헐고, 본문 종이도 바삭거릴 정도로 낡아 있단다. 재면이도 할머니의 이 선물을 네 책상 위에 놓아 두고 읽기 바란다. 그리고 결혼하여 자식이 생기거든, 할머니가 그랬듯 너도 네 자식이 중학생이 될 때 이 책을 물려주면 좋을 것 같구나. 진리는 몇천 년 전이나 몇천 년 후에도 변하지 않는 영원이다.

할머니가 쓴 글에 쓴 약이 있을지 모르나, 그것은 아마 너의 앞길을 여는 보약이 될 것이다. 이 글은 할머니의 가슴이고, 깊은 사랑이니, 뜻으로 읽어주기 바란다.

할머니가

2015년 12월 31일

할머니, 정말 오늘 하루만 지나면 2016년이 오네요. 해마다 1월 1일에 새로운 계획을 세우고 그 계획을 실천하려고 마음을 굳게 갖는데도 제대로 되지 않아 속상해요. 언제나 내년에는 잘해야지 하면서도 그 내년에도 계획대로 실천을 못해 그런 제가 밉고 싫어지기도 합니다.

내년에는 고등학교에 진학하게 되니 더 새로운 각오로 학업에 충실하려고 합니다. 제가 특히 실천하지 못한 것은 할머니가 써주신 편지글 읽는 것을 많이 빼먹었다는 것입니다. 처음에는 그까짓 하루에 한 장은 너무 쉽다고 생각했는데, 하루에 한 장씩 읽기를 실천하는 것도 쉬운 일이 아니란 걸 뼈저리게 느꼈어요.

내년에는 하루에 하루치씩 꼭 읽어서 그 결심을 무너뜨리지 않으려고 해요.

할머니, 죄송해요. 할머니는 하루도 빠짐없이 열심히 쓰시기도 했는데, 제가 제대로 읽지 못하고 지낸다는 것은 손자의 도리가 아니라고 생각해요.

할머니, 새해에는 더 건강하시고, 절대로 늙으시면 안 돼요. 재면이 소원이에요.

2016년 1월 1일

할머니, 새해 새 아침입니다.

올해는 중학교 생활을 마치고 3월에는 고등학생이 됩니다. 새 뜻과 새 마음으로 고등학교 생활을 시작하겠다는 결심을 했습니다.

그리고 할머니가 써 주신 『행복이』를 하루도 빠짐없이 읽을 결심도 했어요.

그러나 읽더라도 읽었다고 답장을 쓰지는 못하게 될 것 같습니다. 읽는 것만이라도 실행하겠다는 결심만 하려고 합니다. 할머니께서 새해가 되면 다시 읽고 또 새해가 되면 다시 읽으라고 하신 말씀의 뜻을 그대로 이행하겠습니다. 하루에 2~3분도 실행하지 못한다면 무슨 일을 제대로 할 수 있겠어요. 쉬운 것부터 차근차근 실행해 나가려고 합니다.

작년에도 읽을 결심을 했었지만 2분의 1도 못 읽은 것 같고, 2014년에는 작년보다 훨씬 더 못 읽었었는데, 금년부터는 다 읽으려고 합니다.

더러 할머니가 『행복이』 읽고 있냐고 물으실 때면 "네"라고 대답하지만 목소리가 작아지는 걸 할머니는 눈치 채셨던 것 같아요.

할머니! 할머니가 그렇게도 저를 소중하게 생각하시고 사랑해 주시는데 어떻게 제가 할머니의 뜻을 받들지 않을 수가 있겠어요.

저도 이제 열일곱 살이 되었어요. 열일곱 살이면 성인입니다. 열일곱 살에 맞는 인생 계획을 세우려고 합니다.

2008년 1월 2일

사랑하는 재면아!

재면이는 이런 생각을 해보았느냐. 나는 무엇을 가장 잘할 수 있나. 나는 무엇을 할 때 가장 행복한가. 나는 무엇을 가장 좋아하는가. 그리고 나는 어떤 사람이 되기를 원하는가. 이 질문들은 네가 스스로에게 하는 것인 동시에 그 답도 네가 스스로 구해야 하는 것이다. 이런 성찰을 꾸준히 하다 보면 구체적인 응답들이 또렷하게 떠오르게 될 것이다. 그리고 무엇을 어떻게 해야만 그 목표에 도달할 수 있는지 그 방법과 요령까지도 터득하게 될 것이다.

영어도 수학도 과학도 축구도 수영도 여행도, 모두 하고 싶고, 또 해야 할 것들이 수도 없이 많을 것이다. 그러나 두서없이 이것저것 하다 보면 정말 중요한 곳에 써야 할 시간을 낭비해 버릴 위험이 크다. 그러니 사려 깊게 중요한 것부터 우선순위를 정해 시간을 도둑맞는 일이 없도록 해야 할 것이다. 어려서부터 시간 관리 방법을 익히고 그 시간을 유용하게 쓰는 습관을 들이거라. 시간을 잘 관리하는 사람만이 인생의 주인이 된다. 한 번 지나간 시간은 다시는 돌아오지 않는다. 헛되이 하루를 보내는 것은 하루를 잃어버리는 것과 같다.

2016년 1월 2일

할머니! 어제 저녁엔 1월 1일이라 할아버지 할머니 모시고 온 가족이 저녁을 먹게 되어서 너무나 행복했어요. 이렇게 집에서 만나니 시간도 느긋하고 대화를 많이 할 수 있어서 유익했어요. 사랑으로만 넘치는 가족 관계를 저는 특히 좋아합니다. 거기서 넘치는 행복을 느끼기도 합니다. 할아버지, 할머니, 아빠, 엄마, 재서 모두가 자기의 역할을 열심히 하고 있는 집, 이 집보다 더 좋은 안식처는 없다고 생각합니다. 그래서 거기서 자라나는 저도 행복할 뿐입니다. 할머니, 저는 '무엇을 가장 잘할 수 있나', '무엇을 할 때 가장 행복한가', '무엇을 가장 좋아하는가', '어떤 사람이 되기를 원하는가'라는 물음에 선뜻 대답하기가 어렵네요. 사실 요즈음에는 공부한답시고 그런 질문을 제게 던져 볼 시간을 갖지 못했어요. 어떤 때는 다 잘할 수도 있는 것 같고, 또 어떤 때는 모든 것에 자신이 없어지기도 합니다. 책상 앞에 써 붙여 놓고 깊이 생각해 보겠습니다. 자문자답이 나와도 누구에게 말하기는 좀 부끄럽기도 하겠지만요. 학생은 공부하는 사람이니 제 역할을 충분히 한 다음 다른 생각도 하겠습니다. 공부하는 중에 그것에 대한 대답이 선명하게 떠오를 것이라고 생각합니다. 노력하겠습니다, 완성된 인간을 위하여.

2008년 1월 8일

사랑하는 재면아!

무척 하고 싶은 일이 있어도 그것을 억제하고 절제할 수 있는 힘을 길러야 한다. 그 억제나 절제가 몸에 익어서 천성이 되어야 한다. 꾸준히 노력하게 되면 그것이 가능하게 된다. 하고 싶은 일도, 하기 싫은 일도 모두 스스로 통제할 수 있어야 네가 뜻한 것을 이룰 수 있다. 무엇을 할 것인가 목표를 세우고, 방법을 생각하고, 방법이 정해졌으면 그것을 곧 실천으로 옮겨야 한다. 자기 자신을 절제하지 못하는 사람은 꿈이 있어도 이루지 못하는 사람이다.

하루에 한 번씩 '내가 누구인가? 나는 무엇을 위해 사는가? 내가 할 일은 무엇인가?' 하고 자기 성찰을 꾸준히 해 나간다면 후회 없는 인생을 살게 될 것이다. 자기 자신을 통제할 수 있는 사람만이 큰일을 할 수도 있고, 다른 사람에게 신뢰와 존경을 받을 수도 있다.

사랑하는 재면아!

할머니는 재면이의 할머니로서 날마다 이런 글을 쓸 수 있는 것이 한없이 흐뭇하고 행복하고 즐겁단다.

2016년 1월 8일

할머니! 하루에 한 번씩 '내가 누구인가', '나는 무엇을 위해 사는가', '내가 할 일은 무엇인가' 하는 생각을 하기는 힘들고, 어느 때 그런 생각을 하는가 돌이켜 보니 공부가 뜻대로 안 되고 공부만 하다가 답답해질 때는 '나는 무엇을 위해 사는가?' 하고 서글퍼질 때가 있습니다.

'이렇게 공부해서 무엇에 쓰게 될까?', '앞으로 나는 어떤 직업을 가지고 어떻게 살게 될 것인가?' 하고 자문자답할 때가 있어요. 이제 중학교를 졸업하고 고등학교에 갈 텐데 아직 학과나 전공을 결정하지 못했기에 초조할 때가 있어요.

할머니는 중학교 때 꿈이 '시인'이셨나요? 아니면 고등학교 때 '시인'의 꿈을 꾸셨나요? 아마도 할머니는 고등학교 때쯤엔 진로를 결정하셨을 것 같아요. 오늘은, 무엇을 할 것인가 목표를 세우고 방법을 생각하라고 말씀하셨는데, 아직 목표를 세울 단계에 이르지 못해서인지 공연히 짜증이 납니다.

할머니, 앞으로 신중하게 생각해서 진로를 결정하려고 해요. 저의 결정에 할머니는 무조건 찬성해 주세요. 저도 더 곰곰이 생각해 보려고 합니다.

할머니, 새해에는 더 건강하셔야 됩니다.

2008년 1월 15일

사랑하는 재면아!

진실한 인간의 조건은 어떤 것일까, 하고 생각할 때가 있다. 글쎄, 어떤 것일까. 첫째 정직할 것. 둘째 성실할 것. 셋째 박학다식. 그러기 위해서는 항상 배울 것. 언제나 반성하는 자세를 가질 것. 모든 일에 인내할 것. 일 년 삼백육십오 일 부지런할 것. 불평불만을 하지 않을 것. 부끄러움을 알 것. 남을 이유 없이 비방하지 말 것. 몸가짐, 마음가짐을 항상 청결히 하고 의복을 단정하게 할 것. 여기에 더하여 웃어른을 공경하고, 어버이의 뜻을 따를 것.

"할머니, 너무 복잡해요" 하면서 손사래를 치는 네 모습을 그려본다.

사랑하는 재면아!

좋은 생각을 하면 좋은 일을 하게 되고, 그래서 좋은 열매를 맺는 것이란다. 할머니가 쓰는 이 글이 네가 세상을 살아가는 데 조금이나마 도움이 되고 위로가 된다면 할머니는 참으로 행복할 것이다.

2016년 1월 15일

할머니, 오늘은 진실한 인간의 조건에 대해서 말씀하셨네요. 정직해야 하고, 성실해야 하고, 박학다식해야 하고, 항상 배워야 하고, 언제나 반성하는 자세를 가져야 하고, 모든 것을 참고, 부지런해야 하고, 남을 미워하지 말고, 웃어른을 공경하고…….

할머니, 사람은 누구나 진실한 인간이 되기 위해서 노력하지만 할머니가 쓰신 대로 살아간다는 것은 좀 어렵지 않을까 하는 생각도 드네요. 어찌 되었든 간에 저는 할머니의 바람대로 살아가려고 노력하겠습니다. 제가 이 『행복이』를 열심히 해마다 되풀이해서 읽다 보면 할머니가 원하시는 손자가 되지 않을까요.

할머니 그러나 너무 걱정하지는 마세요. 할아버지 할머니의 가르침대로, 또 할아버지 할머니가 원하는 대로 살려고 하지 않아도 저절로 그렇게 될 것 같아요.

보고 듣고 배운 대로 성장해 가겠습니다. 할아버지 할머니는 나이가 드셨는데도 열심히 공부하시고 열심히 글을 쓰시잖아요. 저도 본 대로 배운 대로 노력하겠어요. 제가 할아버지 할머니의 희망이라고 하셨잖아요. 희망의 열매를 맺기 위해 열심히 노력하겠어요.

2008년 1월 24일

사랑하는 재면아!

말콤 글래드웰의 『아웃라이어』라는 책에 '1만 시간의 법칙'이라는 것이 있다. 재능을 갖춘 사람이 일만 시간을 투자하면 무슨 일이든 다 해낼 수 있다는 얘기다. 그 예로 모차르트나 빌 게이츠 같은 사람들이 자기가 하는 일에 일만 시간을 바치고 결국 원하는 바를 얻은 사람들이다.

일만 시간이면 하루에 3시간, 일주일에 20시간, 만 10년 동안이다. '10년 한길'이라는 말이 있듯이 10년 동안 열성을 다 바쳐 노력하면 어떤 일에서나 으뜸이 될 수 있다. 그러나 10년을 한결같이 치열하게 열중한다는 것이 그렇게 쉬운 일이 아닐 것이다. 무언가를 이룬 사람보다 이루지 못하는 사람들이 훨씬 많은 것을 보면 말이다.

그러니 우선 하루에 한 시간씩만 투자한다고 해도 1년이면 365시간이다. 그 1년이 10년이 된다고 하면 얼마나 많은 시간이 되겠느냐. 그 어떤 일이든 연습과 노력을 많이 한 사람은 절대로 지지 않는다. 축구도 농구도 골프도 피아노도 공부도 지치지 않는 끈기로 연습을 많이 한 사람이 이기게 되어 있다. 돈만 저축하는 것이 아니라 시간도 연습도 저축해야 한다.

2016년 1월 24일

할머니, 오늘은 새로운 지식을 또 하나 얻었습니다. 할머니께서 가르쳐 주시지 않았으면 말콤 글래드웰의 『아웃라이어』라는 책을 모를 뻔했는데 얼마나 다행인지 몰라요. 할머니, 고맙습니다. 인터넷으로 말콤 글래드웰을 찾아보니 나이도 그리 많지 않은 영국 사람으로, 작가이며 기자였네요. 2005년 '미국 타임지 선정 세계에서 가장 영향력 있는 100인'에 뽑힌 사람이기도 하네요.

『아웃라이어』에서 말콤 글래드웰은 성공한 사람들은 우수한 유전자나 좋은 환경이 뒷받침되었을 뿐만이 아니라 끊임없이 노력을 한 결과 성공을 이루었다고 말했네요. 1만 시간만 투자하면 못 이룰 것이 없다는 말에 저도 무슨 일에건 '1만 시간'을 투자해 보겠다는 결심을 합니다. 1만 시간이면 까마득한 시간 같은데, 하루에 3시간, 일주일에 20시간, 만 10년만 하면 되는군요. 별로 어려운 일 같지 않게 느껴지는데요. 지금 학생들이 그렇게 공부해서 대학교에 입학하게 되는 것이에요. 10년만 투자하면 되는 것이 아니고 그렇게 10년을 투자한 다음에 또 10년을 투자하면 합해서 2만 시간이 되네요. 알겠습니다. 그렇게 노력하는 생활을 몸에 익히겠습니다.

2008년 1월 26일

사랑하는 재면아!

아무리 무지하고 경박하고 가난한 사람들일지라도 그들을 무시하거나 경멸해서는 안 된다. 고장난 시계도 하루에 두 번은 제 소임을 다한다고 하는데 사람이야 더 말해 무엇하겠느냐. 이 세상 사람은 다 너의 스승이다. 나보다 훌륭한 사람에게서는 그 훌륭한 점을 배우니 스승이고 나보다 못한 사람에게서는 '나는 절대로 저렇게 하지 않겠다'고 마음을 먹게 되니 그 역시 스승이다.

그런 대상을 곧 반면교사(反面教師)라고 하는 것이다. 그러니 그 두 사람이 다 스승이 아니겠느냐. 이 세상은 여러 부류의 사람들이 함께 어울려서 사는 크나큰 마당이다. 그리고 어떤 사람이든 이 세상에 올 때 모두 다 그 나름의 역할을 가지고 태어났단다. 그러니 모두가 소중한 존재들이다.

내게 인연 지어진 사람을 싫다 내치지 말고 꾸준한 인내심과 큰 아량을 가지고 대해 주어라. 나와 다른 너를 이해하려고 노력하면 마음에 상처를 받지 않고, 남에게도 상처를 주지 않는다. 그것이 쌓여 인품이 되는 것이다.

2016년 1월 26일

할머니, 방학이라고 집에 와 있어도 공부하느라고 바빠서 할아버지 할머니를 자주 뵙지도 못하고 개학이 되고 말았습니다. 저는 할아버지 할머니의 사랑과 관심과 배려로 잘 성장하고 있으니 아무 걱정 하지 마시기 바랍니다. 그리고 『행복이』를 읽으면 할머니의 목소리를 듣고 있는 것 같아 매일 할머니를 만나는 느낌입니다. 이렇게 답장을 쓰면 할머니와 대화를 나누는 것 같아 할머니를 만나고 있는 것 같습니다.

나와 다른 너를 이해하려고 노력하고 있습니다. 이 세상 어느 누구도 나와 같은 생각을 하는 사람은 없으니까 나와 다르다고 배척한다면 저는 혼자서 외롭게 세상을 살아야 되겠지요. 지금까지도 그렇게 처신하고 살았습니다. 앞으로도 그렇게 하겠습니다.

이 세상 어떤 사람도 무시하면 안 된다는 말씀도 잘 새겨듣겠습니다. 고장이 난 시계도 하루에 두 번은 제 역할을 하는데 사람이야말로 얼마나 쓰임이 많겠습니까.

어른은 어른대로, 아이는 아이대로, 키 큰 사람은 키가 큰 대로 쓰일 데가 얼마나 많이 있겠습니까. 이 세상에 올 때 모두 다 그 나름의 역할을 가지고 태어났다는 말씀 새겨듣겠습니다.

2008년 2월 1일

사랑하는 재면아!

오늘은 친구와의 우정에 대해서 얘기하려 한다. '친구란 두 육체에 깃든 하나의 영혼'이라는 말이 있다. 이정표도 없는 인생이라는 먼 길을 가는데 꼭 필요한 존재라는 뜻이다. 친구 중에는 훌륭한 친구도 있을 것이고 어리석은 친구도 있을 것이다. 그러나 반드시 훌륭한 친구만 좋은 친구는 아니다. 그다지 똑똑하지 못한 친구에게서도 배울 게 있단다. 어리석은 친구를 비웃으면 그 친구보다 네가 더 어리석어지는 것이다. 나보다 좀 못한 사람을 비웃으면 너는 더 모자라는 사람이 되는 것이다.

아름다운 깃털이 아름다운 새를 만드는 것과 같이 어떤 친구든 진심으로 대하면 그 친구도 너를 진심으로 감싸서 너를 빛내 줄 것이다. 우물이 흐리면 새도 오지 않는다고 한다. 네가 네 성품을 기품 있게 가꾸어 가면 좋은 친구들이 네 곁에 계속 모여들 것이다. 그러나 시간관념이 없는 사람, 금전문제에 흐린 사람, 거짓말을 자주 하는 사람과는 깊은 사귐을 갖지 않도록 하거라. 친구에게 피해를 준다면 그런 사람이 어찌 인생의 길벗이 될 수 있겠느냐. 신의가 없는 친구는 적보다도 무서운 법이다.

2016년 2월 1일

할머니, 벌써 2월이네요. 개학을 했다고 하지만 졸업식 준비로 어수선하게 지내고 있습니다. 제가 학생회장을 했었기 때문에 저는 할 일이 몇 가지 더 있습니다. 그래서 연습을 하고 있어요. 정말로 중학교에 입학할 때가 바로 어제 같은데 이제 졸업을 하게 되었습니다. 처음 기숙사 생활을 시작할 때 그렇게도 집 생각이 나고 쓸쓸했는데 벌써 3년이 지났습니다.

그동안 친구도 많이 사귀었습니다. 다들 착하고 훌륭한 친구들이었습니다. 친구들마다 다 특징이 있고 잘하는 과목도 다 달랐습니다. 친구들에게 많은 것을 배우기도 하고 가르쳐 주기도 하면서 보람 있는 3년을 보냈습니다. '이정표도 없는 인생이라는 먼 길을 가는데 꼭 필요한 존재'라는 말씀 머리에 익혀 두겠습니다. 좋은 친구를 두려면 제가 먼저 좋은 친구가 될 준비를 하라는 말씀도 기억하겠습니다. 아름다운 깃털이 아름다운 새를 만드는 것과 같이 제 인품을 닦으면 좋은 친구는 저절로 제 주위에 몰려든다는 말씀 명심하겠습니다.

2008년 2월 3일

사랑하는 재면아!

시집 『사람이 그리워서』 출간 기념으로 네가 선물한 한문으로 쓴 병풍을 보면서 할머니는 지금 행복에 겨워 있단다. 고맙다, 재면아! 네 정성이 담긴 선물을 받으니 할머니는 월계관을 쓴 것처럼 행복하구나. 이번 시집은 할머니에게 특별히 의미 있는 시집이다. 왜냐하면 어린 네가 제목만 듣고 그려낸 표지 그림 때문이다. 초등학교 1학년인 네가 표지화의 작가가 된 것이다. 이런 시집은 세상에 없을 성 싶다. 그래서 할머니는 더욱 행복하구나.

세상을 살다 보면 매일매일 좋은 날만 있는 것은 아니란다. 일년 삼백육십오 일 밤낮으로 햇볕만 내려쪼인다면 이 세상은 사막으로 변하고 만다. 비가 오고 눈도 내리고 바람이 부는가 하면 구름이 끼기도 하고 어둠이 오고 다시금 햇빛이 찬란한 날도 오는 법이다. 우리네 인생도 자연의 섭리와 같이 슬픈 날도 있고 기쁜 날도 있게 마련이다. 그런 삶의 순환을 이해해 희망의 해를 키우며 살 줄 아는 지혜로움이 있어야 한다. 어떤 실패나 괴로운 일이 닥쳤을 때는 그것을 절망이라고 받아들이지 말고 그 절망을 희망으로 바꾸는 지혜를 갖도록 하거라.

2016년 2월 3일

할머니, 초등학교 1학년인 저에게 할머니 시집 『사람이 그리워서』 표지를 맡긴 것은 파격적인 일이었어요. 저는 철이 없어서 그대로 응했지만 할머니는 무슨 생각으로 그런 결정을 하셨는지 지금도 궁금해요. 2007년 겨울에 그렸던 그림이니까 벌써 10년이 되어 가네요. 저를 하나의 인격체로 보시고 출판사에서 표지화의 화료를 받아다 저를 주셨지요. 할머니 말씀을 듣고 차를 타고 가다 그린 그림이 할머니 시집 표지가 되었다는 것은 부끄럽기도 하지만 뿌듯하기도 해요.

할머니, 어떤 실패나 괴로운 일이 닥치더라도 절대로 실망하지 말고 그 절망을 희망으로 바꾸라는 말씀! 앞으로 그런 말씀을 기억하며 절대로 실패를 두려워하거나 피하지 않고 씩씩하게 성장하겠습니다. 할머니가 소망하는 이 나라의 국민이 되겠습니다.

할머니, 내일이 졸업식입니다. 할머니와 할아버지도 학교에 오시겠지요. 여기는 산속이라 날씨가 많이 추우니까 옷을 많이 입고 오세요.

2008년 2월 7일

사랑하는 재면아!

끈기가 부족하고 무기력한 것은 건강한 생활을 해나가는 데 가장 큰 장애물이다. 할머니의 단점 중 하나는 끈기가 부족한 거란다. 게다가 50대에는 무기력증으로 우울한 나날을 보내기도 했단다. 지금 생각하면 그 좋은 시절을 왜 그렇게 보냈나 너무 후회스러워 내가 재면이에게 이런 이야기를 하게 된 것이다. 네 할아버지는 일생 동안 끈기 있고 활기찬 생활을 해 오신 분이다. 무기력이 무슨 뜻인지 모르고 사시는 분이다. 한시도 긴장을 늦추거나 무기력하게 처져 있는 것을 보지 못했단다. 그래서 큰 작가가 되신 것이다. 너도 할아버지를 닮았으면 좋겠구나.

사랑하는 우리 재면아!

하루하루를 쉬지도 못하고 벅차게 생활하는 네가 딱해서 네 엄마에게 많이 놀리고 편히 쉬게 하라고 조언을 했다만 제대로 실행되지 않는다는 것을 안다. 재면아! 스무 살까지의 노력과 연마가 그 이후 평생의 삶을 좌우하는 바탕이 된다. 누구나 겪어야 하는 그 과정을 웃으면서 활기차게 엮어 가기 바란다. 할머니가 대신해 줄 수 없어 안쓰럽기만 하구나.

2016년 2월 7일

할머니, 설 연휴 여행을 오게 되어서 너무나 행복합니다. 연휴 때마다 할아버지 할머니와 함께 다녀온 여행이 이제 벌써 추억으로 그리움을 자아내게 합니다. 할머니께서 여행 오면서 『행복이』를 찢어서 가져오셨지요. 무거워서 책을 찢어 가지고 오신 그 성의에 너무 놀랐습니다.

할머니, 스무 살까지의 노력이 평생의 삶을 좌우한다는 편지글을 읽으며 하루도 한 시간도 허투루 보내면 안 되겠다는 결심을 합니다. 그리고 끈기가 부족한 것에 대해서도 언급하셨군요. 결국 끈기라는 것은 꾸준히 노력하는 것이지요. 지금까지의 저는 끈기도 있는 편이고, 노력도 하는 편이에요. 그런데 공부에만 목숨을 걸지는 않아요. 책도 읽고 운동도 하면서 나름대로 잘 지내고 있었어요.

이번에 여행 오면서도 공부할 짐을 무겁도록 지고 왔어요. 쉴 때는 쉰다는 생각조차 하지 말고 푹 쉬라고 하시지만 마음이 초조하니 책을 지고 오지 않을 수 없었어요. 할머니께서는 그런 저를 대견하다는 듯이 쳐다보기도 하시고, 딱하다는 표정을 짓기도 하셨지요.

할머니, 사랑합니다.

2008년 2월 11일

사랑하는 재면아!

사과나무를 심으면 사과가 열리고 배나무를 심으면 배가 열리고 책을 읽으면 지식의 열매가 열린다. 그러나 사과나 배의 수확은 금방 나타나지만 책의 열매는 그렇게 빨리 손에 잡히거나 눈에 보이지 않는다. 그렇지만 우리의 내면에 쌓여서 사람다운 사람으로서의 품격을 높여 주는 동시에 크나큰 지혜를 준다. 제아무리 천재적인 두뇌를 타고 났다 해도 책을 읽지 않고서는 원하는 것을 절대로 얻을 수 없다. 어제에 이어 연달아 책 읽기에 대해 언급하는 것은 독서가 그만큼 중요하기 때문이라는 것을 잘 알 것이다. 우리 인류의 모든 문명과 문화는 바로 책으로부터 탄생했으며 인간이 이루어낸 모든 탐구와 연구의 열매가 담겨 있는 것이 바로 책이다. 그래서 책이 가장 위대한 스승이며 책 속에 길이 있다고 하는 게 아니겠니.

내일과 내년은 없다. 오늘과 올해가 있을 뿐이다. 오늘 할 일을 내일로 미루는 그 흔한 게으름은 못난이들이나 하는 바보 같은 짓이다. 날마다 책 읽기를 단 하루도 미루지 마라. 네 인생에서 한 번 흘러간 십 대는 다시는 오지 않는다. 십 대에 책을 얼마만큼 읽었느냐에 따라 네 인생의 진로가 달라질 것이다.

2016년 2월 11일

할머니, 할머니와 함께 보낸 6박 7일의 여행은 긴 시간이었지만 짧게 느껴졌어요. 떠날 때는 긴 여행이라 마음이 뿌듯했었는데 이렇게 빨리 시간이 지나갔네요. 할머니와 공항에서 헤어질 때 할머니의 눈에 맺히는 섭섭함을 읽었어요. 할머니의 사랑 앞에서 저는 언제나 부족한 손자입니다. 할아버지 할머니는 손자를 공부에 빼앗겼다고 언제나 속상해 하시지만 저도 공부에 시간을 빼앗겨서 속상할 때가 많아요. 대학교에 들어갈 때까지만 참겠다고 할아버지께서 말씀하시는 것을 들으면서 공부가 야속하기도 했어요. 유난히 손자를 사랑하시는 할아버지 할머니가 계셔서 저는 행복합니다.

할머니께서 십 대에 책을 얼마만큼 읽었느냐에 따라서 인생의 진로가 달라질 것이라고 하셨는데, 정말 책을 읽을 시간이 모자랍니다. 할머니 말씀 명심해서 자투리 시간에라도 책을 찾아 읽겠습니다.

독서가 중요한 것은 잘 알지만 독서에 시간을 많이 할애할 수 없어서 속상해요. 책을 읽으면 지식의 열매가 열린다는 말씀 동감입니다.

할머니, 집에 오셨으니 푹 쉬세요.

2008년 2월 15일

사랑하는 재면아!

마음이 우울하고 적적할 때는 스스로 행복해지는 방법이 있다. 너와 가까운 사람들과의 정다운 일과 즐거웠던 추억 등을 떠올려 보아라. 절로 웃음이 나오고 생기가 돌 것이다. 할머니는 요즈음 우울하거나 아프거나 화가 나거나 무섭거나 슬프거나 할 때는 재면이가 태어나서 지금까지 커 오는 동안의 이모저모를 떠올린다. 그러면 금방 행복해지고 먹구름이 끼었던 마음에 밝은 햇살이 가득 퍼진다. 우리 재면이도 아빠, 엄마, 재서, 친구들, 할아버지, 할머니를 번갈아 생각하다 보면 어두운 그림자가 금방 사라지게 될 것이다.

그 어떤 사람이든 단점만 있는 것이 아니듯 반드시 한두 가지씩은 좋은 점이 있는 법이다. 그들의 장점과 나의 좋은 점이 어울려 만들어 낸 좋은 추억을 떠올려 보면 저절로 웃음이 나오고 기분도 좋아질 것이다. 이것은 할머니가 살아오면서 마음의 병을 치유한 방법이란다. 자기 자신을 우울하게 하는 것도 슬프게 하는 것도 자기 자신이니 그것을 고치고 위로할 사람도 자기 자신 아니겠니. 이 세상에는 이겨 낼 수 없는 것이란 하나도 없단다. 이겨 낼 생각을 안 하는 것뿐이다.

2016년 2월 15일

할머니, 이 세상에 이겨 낼 수 없는 것은 하나도 없다는 글을 읽으며 용기가 생겼습니다. 이겨 낼 생각을 안 하는 것뿐이라는 할머니 편지글은 저에게 많은 것을 깨우쳐 주기도 하고, 희망을 주기도 했습니다.

할머니가 살아오신 경험을 제게 들려주시는 것이니까 제 머릿속에 들어와 박힙니다. 누가 저를 우울하게 하는 것이 아니고 제 생각이 저를 우울하게 하고, 누가 저를 위로해 주는 것이 아니고 제가 저를 위로해 주어야 한다는 말씀도 다 옳은 말인 줄은 압니다.

할머니께서 마음의 병을 치유하신 방법이 좋은데요. 할머니는 제 생각을 하면서 우울한 것도, 아픈 것도, 화가 나는 것도, 무서운 것도, 슬픈 것도, 다 잊으신다고 하셨지요. 그리고 금방 행복해지신다니 다행입니다. 저도 슬플 때는 기쁠 때를 떠올리고 괴로울 때는 즐거울 때를 떠올리며 행복해지겠습니다.

이 세상에 할머니와 이런 대화를 나누는 손자가 과연 몇이나 될까요. 이런 할머니가 저의 할머니라는 것이 행복하고 자랑스럽습니다. 할머니, 안녕히 주무세요.

2008년 2월 21일

사랑하는 재면아!

자기 의견에 전적으로 동의해 주고 자기 말을 잘 들어준다고 그 사람과 친하게 지내는 것은 아닌지. 그가 수다쟁이고 허영심이 많고 허풍이 세고 게으른 사람인데도 불구하고 말이다.

네 생각과 다른 생각을 가진 사람의 말이라 하더라도 그가 올바르고 진실한 사람이라면 그의 의견에 귀를 기울여야 한다. 그것이 너 자신을 성장시켜 나가는 좋은 방법이기 때문이다. 반드시 나만 옳다는 생각은 상당히 위험한 발상이다. 내가 옳으면 그도 옳은 것이다. 나와 그에게서 가장 옳은 것을 취하는 태도가 지식인의 올바른 자세일 것이다.

이 산도 저쪽에서 보면 저 산이고 저 산도 저쪽에서 보면 이 산이다. 내 것만이 내 생각만이 옳은 것은 아니다. 자기만 아는 척 고집을 부리거나 잘난 척 나서는 것은 못내 수치스럽고도 어리석은 짓이다. 그런데도 많이 배웠다는 사람들이 그런 행위를 하는 것을 심심찮게 보게 된다. 머리 좀 좋고 많이 배웠다는 사람들이 예사로 교만을 부리는데 그것처럼 보기 흉한 것도 없다. 진정한 지식은 신중하고 겸손하다.

2016년 2월 21일

할머니, 내 것만이, 내 생각만이 옳은 것이 아닌 줄 알지만 언제나 범하는 잘못은 내 생각만이 옳다고 판단하는 것입니다. 저는 제 생각을 상대방에게 억지로 주입시키지는 않지만, 상대방의 생각이 좀 부족하다고 생각되면 몇 번이고 설득하여 제 생각을 관철시킨 때도 있습니다. 저는 상대방의 말이나 행동에도 배울 점이 있으면 잘 받아들이는 편입니다.

상대방의 생각이 옳다는 확신이 들면 저는 주저하지 않고 받아들입니다. 그러나 이것은 제 생각이고 상대방이 저를 어떻게 생각하느냐가 문제지요. 제 생각과 다른 생각을 가진 사람의 말에 귀를 기울이는 습관을 갖도록 노력하겠습니다. 그러나 너무 잘난 척하고 교만한 행동을 하는 사람을 저는 아주 싫어합니다. 싫어하면서 배울까 봐 걱정이 됩니다. 저는 올바른 사고와 정확한 판단과 확실한 지식만을 제 것으로 만들려고 합니다.

할머니, 오래도록 제 곁에서 지켜봐 주세요. 할머니의 건강을!

2008년 3월 18일

사랑하는 재면아!

인간은 누구나 신(神)이 아니기 때문에 모든 것에 완벽할 수가 없다. 완벽에 이르기 위해서 노력해야 하고, 최대한 실수를 줄이기 위해서 노력해야 한다. 그러나 우둔한 우리 인간들은 어리석게도 명예를 잃고 난 후에야 명예의 소중함을 알고, 부모를 잃고 난 후에야 부모님의 고마움을 알고, 공부할 때를 놓친 후에야 학문의 중요성을 깨닫게 되고, 건강을 잃고 난 후에야 돌이킬 수 없는 후회를 하게 된단다. 그 소중한 것들을 잘 지키기 위해 평소부터 미리 대처해 나간다면 후회를 최대한 줄일 수 있는 슬기로운 삶을 꾸려 갈 수 있을 것이다.

사랑하는 재면아!

'우리가 알아야 할 모든 것은 유치원에서 다 배웠다'는 말이 있다. 일생을 살아갈 양식은 서른 전에 쌓아 두어야 한다. 건강하고 총명한 영혼을 가졌을 때 착실하게 차곡차곡 쌓아 두지 않으면 나이 들어 후회하게 된다. 그 준비 과정 중에 자기의 개성과 재능을 발견하는 일도 그 어떤 것보다 중대하다. 그것은 곧 인생의 길이기 때문이다. 고등학교를 다 마치게 될 때까지 그것을 발견하지 못한 것처럼 큰 불행은 없다.

2016년 3월 18일

할머니, 고등학교에 와서 정신없이 학교에 적응하느라 『행복이』도 못 읽었고, 답장도 처음 쓰게 되었어요. 중학교 때와 달리 학급당 인원수도 많고 모두 어른이 되었으니까 많이 긴장되었어요. 제가 친화력이 부족하다고 할머니께서 지적하셨을 때만 해도 저는 할머니 말씀을 받아들일 수 없었는데, 고등학교에 들어와서 생각해 보니 제가 친화력이 좀 부족한 것도 사실이에요. 벌써 기숙사 생활이 4년째가 되는데도 기숙사 생활은 여전히 차갑고 우울해요.

룸메이트는 아주 착하고 좋은 친구예요. 그나마 마음의 위로를 받고 있어요. 고등학교에 와 보니 모두가 다 똑똑하고 잘난 것 같아요. 자꾸 위축되는 자신을 보며 할머니 말씀을 많이 떠올리고 있어요. 인간은 누구나 신이 아니기 때문에 모든 것에 완벽할 수 없다는 말씀으로 위로를 받기도 합니다. 그러나 완벽에 이르기 위해 열심히 노력하겠습니다. 다른 친구들은 다 잘하는데 저라고 못할 리가 없지요. 다른 생각은 하지 않고 앞만 보면서 가겠습니다. 그리고 후회를 최대한 줄이는 생활 설계를 하겠습니다.

2008년 3월 22일

사랑하는 재면아!

이 세상에서 가장 강한 사람은 고통을 잘 참아내는 사람이고, 스스로의 힘으로 자기 일을 해결하는 사람이다. 그리고 올바르게 행동하고 그 신념을 바탕으로 앞으로 나아가는 사람이란다. 또한 어떤 어려운 일에 부딪혔을 때 최선의 방법을 찾아가며 포기하지 않는 사람이고, 몸과 마음이 나태해지려고 할 때 그 게으름을 물리치고 근면한 힘을 발휘하는 사람이다. 뿐만 아니라, 자기가 처한 환경에 불만을 갖지 않고 그 환경을 극복하는 사람이기도 하단다.

누가 뭐라든 간에 자기에게 주어진 길을 꿋꿋하고 지침 없이 걸어가는 사람도 강한 사람이다. 그리고 많이 베풀 줄 아는 사람, 많이 사랑할 줄 아는 사람도 강한 사람이다.

사랑하는 재면아!

재면이 같이 즐거운 마음으로 공부하는 사람도 강한 사람이란다. 우리 재면이는 두서너 살 때부터 벌써 퍼즐 맞추기를 할 때는 서너 시간씩 꼼짝을 하지 않고 집중을 하고는 했다. 그런 집중력은 공부를 잘 할 수 있는 탁월한 재능이다. 모든 일에 유쾌한 마음으로 임하기 바란다.

2016년 3월 22일

할머니, 교육은 인간을 만들기 위해 하는 것이지 공부기계를 만드는 것이 아니잖아요. 요즈음 '나를 공부기계로 만들어야 하나'하고 의구심을 가질 때가 부쩍 늘었습니다. 이렇게 살다가는 인성이나 인격 같은 것은 아예 멀리로 사라져 버릴 것 같아요. 앞으로도 이렇게 인격 형성에 아무런 도움을 주지 않는 기계가 되어야 할까요.

의구심에 마음이 괴로울 때가 많아요. 할머니께서는 이 세상에서 가장 강한 사람은 고통을 잘 참아 내는 사람이라고도 하셨고, 스스로의 힘으로 자기 일을 해결하는 사람이라고 하셨잖아요. 저는 지금까지는 제가 그런 사람인 줄 알았어요. 그러나 요즈음 회의에 빠지기도 하고, 왠지 짜증이 나기도 합니다. 엄마가 학교생활에 대해서 물으면 퉁명스럽게 짜증부터 냅니다. 잘못하는 것인 줄 알면서도 저도 모르게 그렇게 됩니다.

할머니는 제가 탁월한 재능을 가졌다고 하시지만, 탁월한 재능을 가진 사람이 너무 많은 것 같아요. 마치 오늘 글은 오늘의 저를 위해서 쓰신 것 같아요. 8년 전의 예언을 읽는 듯해요. 모든 일에 유쾌한 마음으로 임하겠습니다. 할머니 말씀대로.

2016년 3월 26일

할머니, 할아버지의 새 소설 준비로 오늘 대치동 학원가를 취재차 오셨을 때 제가 아는 대로 조언해 드렸는데 얼마나 도움이 됐는지 모르겠네요. 할머니, 할아버지는 계속 한숨을 쉬시며 한국의 교육 행태에 대해서 걱정을 하셨는데, 이것이 하루 이틀의 일이 아니고 벌써 오래전부터 있어 온 행태예요. 어른들은, 특히 사회 지도층 인사들은 국가 백년대계라는 교육이 이 정도까지 오염됐는데 무얼 했는지 모르겠어요. 교육부는 무엇을 하는 기관인지 답답해요.

공부기계를 만들어서, 공부공장을 만들어 무얼 하겠다는 것인지 한심하고 답답해요. 비좁은 공간에서 환기가 안 되면 뇌세포가 파괴된다고 할머니의 걱정은 태산 같지만, 관리하는 국가 기관에서는 관심도 없으니 이런 나라의 국민인 것을 탓하는 수밖에 별 도리가 없어요.

남을 칭찬하는 습관을 몸에 익히도록 하라고 말씀 하시지만 교육 종사자들의 행동에 어찌 비난하지 않을 수 있겠어요. 아무도 손을 못 대게 큰 괴물이 된 교육 문제에 대해 할아버지가 소설을 쓰신다고 하지만 효과가 얼마나 있을지 의문이 듭니다. 그렇다고 그냥 놔둘 수는 없는 문제니까 할아버지가 소설의 소재로 삼은 것이지요.

나 자신에 대한 칭찬은 어떤 것이든 절대 안 된다는 말씀 명심하겠습니다.

2016년 3월 31일

할머니, 저는 지금 매일 지옥을 살고 있는 것 같아요. 너무 욕심을 내서 그런지, 계획대로 모든 것이 이루어지지 않아서 그런지는 저도 잘 모르겠는데, 많이 우울하고 힘든 것은 사실입니다. 이렇게 할머니와 대화를 나누는 시간이 제일 편안한 때입니다.

오늘 할머니는 편지글에서 세상을 사는 동안 어려움에 부딪혀도 너무 힘들어하거나 슬퍼하지 말라고도 하셨고, 슬픔과 괴로움에 잠겨 있으면 소심증이 생기고 마음도 몸도 상하니 빨리 떨쳐 버리라고 하셨네요.

꼭 고1이 된 손자의 마음을 2008년에 미리 알고 써 놓으신 것 같아요. 그렇지요. 폭풍우가 일 년 열두 달 내내 불지도 않고, 밤이 영원히 계속되지 않는다는 것을 다 알지만 우선은 힘들고 괴롭습니다.

조물주는 견딜 수 있는 괴로움과 어려움을 준다니까 저도 잘 견디어 내겠습니다. 제가 누구의 손자입니까. 할아버지 할머니의 손잔데 이대로 무너지지는 않습니다.

새로운 환경에 적응하느라고 힘이 좀 들 뿐인데 처음 겪는 상황이라 좀 고달파하고 엄살을 떠는 건지도 모르지요. 할머니, 할머니께 이렇게 말하고 나니 모든 일이 다 해결된 듯 마음이 훨씬 편해졌습니다.

할머니, 걱정하지 마세요.

손자의 어리광입니다.

2016년 4월 1일

할머니, 벌써 4월입니다.

할머니를 만나지도 못한 채 봄이 왔습니다. 제 마음에도 봄이 오기를 기다리겠습니다.

제 마음에 봄이 와야 할머니 마음에도 봄이 올 테니까 봄을 맞아들이기에 힘쓰겠습니다. 참고 견디면 봄이 오겠지요. 상황이 좀 어려워도 잘 견뎌 내겠습니다.

할머니께서 편지글에서 일러 주신 대로 아주 작은 분노라 하더라도 속마음을 드러내지 않겠습니다.

'나는 누구인가. 나는 조재면이다. 천하에 조재면이 이까짓 일로 마음에 상처를 받는다면 조재면이 아니다. 이 조재면이 그까짓 일들로 상처받지 않는다. 모든 것을 이기는 것은 자기 자신이다.'

할머니는 제 속을 들여다보신 것같이 이렇게 쓰셨습니다. 벌써 8년 전에 어떤 어려운 일들이 닥치면 이런 식으로 견뎌 내라고 쓰신 것이군요.

할머니, 마음먹은 대로 공부가 안 될 때도 패배한 느낌이고, 얼굴에 여드름인가 뾰루지가 나도 속이 상하고, 잠이 부족하여 너무 피곤해도 짜증이 나고, 이제까지 없던 마음이 어디서 생겨났는지 이렇게 마음과 불화를 겪고 있습니다. 봄과 함께 마음에도 편안함이 깃들 것이라고 믿겠습니다. 할머니 말씀대로 자기 인생의 주인은 자기 자신이니까요.

2008년 4월 4일

사랑하는 재면아!

아무에게도 의지하지 않고 혼자의 힘으로 인생을 경영하겠다는 생각을 가진 사람은 결국 꿋꿋하게 그 길로 나아갈 수 있다. 물론, 그것이 그리 쉬운 일은 아니다.

할머니는 누가 무엇을 부탁했을 때 가능하면 거절하지 않겠다는 마음으로 살았다. 그러나 나는 어떤 어려운 일이 있어도 누구에게도 부탁하지 않았다. 그리고 힘이 부족한 사람이 할머니에게 힘을 보태 달라고 했을 때는 최선을 다해서 도와주려고 했다. 하지만 역부족으로 일을 해결할 수 없을 때도 있었다. 그럴 때면 성의를 다하지 않은 것 같아 상대방에게 미안해서 마음이 괴롭더구나.

할머니가 누구에게도 부탁을 하지 않는 것은 바로 그런 이유다. 친한 사람끼리는 상대방의 의중을 읽는 일이 중요하다. 꼭 말하지 않더라도 그가 원하는 것이 무엇인가 생각하여 도움을 청하기 전에 도와줘야 한다. 부탁도 힘들지만 거절이 더 힘든 법이다. 부탁과 거절 모두 안 하고 살 수 있으면 얼마나 좋겠니. 그러나 그럴 수 없는 것이 인생사다.

2016년 4월 4일

할머니, 또 한 주일이 시작되었습니다. 숨 가쁘게 일주일이 지나고 뒤이어 또 새날이 시작되곤 하는 생활 속에서 하늘 한 번 쳐다볼 날이 없습니다. 아무에게도 의지하지 않고 혼자의 힘으로 인생을 경영하라고 할머니가 주신 편지글의 뜻은 제가 어렸을 때부터 해 오고 있는 생활 습관입니다. 할머니, 제가 말하지 않아도 제가 원하는 것이 어떤 것인지 다 알고 계십니다. 무엇을 먹고 싶은지, 무엇을 좋아하는지, 저보다 더 잘 알고 계시니 저는 할머니를 존경하지 않을 수 없습니다. 아니, 사랑하지 않을 수 없는 것이지요.

친한 사람끼리는 상대방의 의중을 아는 것이 중요하다고 늘 말씀하셨지요. 상대방이 다리가 아픈데 소화제를 주는 관계는 서로 배려가 없는 아주 나쁜 관계라고 하신 말씀도 기억하고 있습니다. 상대방의 입장에서 상대방을 배려하고 이해하는 인간관계가 가장 이상적인 관계라는 말씀도 늘 기억하면서 인간관계를 형성해 나가려고 합니다.

밤이 깊었습니다. 할머니, 편안한 밤 되세요.

2008년 4월 9일

사랑하는 재면아!

오늘은 재물과 시간의 중요성에 대해 이야기하려 한다. 재물과 시간을 중요하게 여기지 않는 사람은 없지만, 그 귀한 것을 지혜롭게 쓰지 못하기 때문에 인생을 낭비하게 되는 것이다. 100원을 하찮게 여기는 사람은 언젠가는 100원이 없어서 운다고 한다. 아무리 작은 돈이라도 재물을 소중히 여겨야 한다는 뜻이다. 시간도 마찬가지다. 오늘 10분을 가볍게 생각하는 사람은 내일 그 10분 때문에 후회하게 될 것이다. 그까짓 한 시간쯤 하고 생각하는 사람은 그 습관으로 하루쯤, 일 년쯤 하면서 세월을 허송하게 된다. 그런 사람에게는 세월이 100년이 주어진다 해도 아무것도 이루지 못하고 빈손인 채 인생을 마감하고 말 것이다.

사랑하는 우리 재면이는 말을 배우기 시작하고부터는 짧은 시간도 그냥 보내지 않으려고 온갖 질문이나 알아맞히기 게임을 하자며 할머니를 그냥 두지 않았단다. 스무 살까지의 재면이의 성장과 발전이 네 평생을 좌우할 것이다. 지금같이만 커 가면 얼마나 훌륭하게 될지, 할머니 가슴이 뿌듯하구나!

2016년 4월 9일

할머니, 고등학교 생활도 두 달째로 접어들었어요. 아직도 적응이 좀 안 되지만 이제는 대충 파악을 했어요. 친구들이 어찌나 공부에만 몰두하는지 숨이 막힐 지경이에요. 아마도 저를 보고도 숨이 막혀하는 친구들이 있겠지요. 서로가 공부에 목숨을 건 지경이에요. 이 경쟁에서 이겨 나가려면 열심히 꾸준히 공부하는 수밖에 별도리가 없어요. 교육 정책이 이러니 따를 수밖에 없지만, 문득문득 '내가 왜 사나?' 하는 의구심이 들 때가 있어요.

이 좋은 시기에 시에 젖어들 수가 있나, 소설 한 편 밤새워 읽을 수가 있나, 한심한 청년기에 접어들었습니다. 오늘 10분을 소홀히 여긴 사람은 내일 그 10분 때문에 후회하게 될 것이라는 말씀 딱 맞는 말인데, 10분도 소홀히 했다가는 구렁텅이로 빠질 것 같은 기분이에요. 10분도 소홀함이 없이 열심히 노력하겠습니다. 그까짓 한 시간쯤 하루쯤 하다가는 인생을 빈손으로 마감하고 말 것이라고 하셨지요. 제가 지금 그까짓 한 시간쯤 하고 한눈팔다가는 대학교는 엄두도 못 내고 탈락해 버리겠죠. 한순간도 허투루 보내지 않겠습니다.

2008년 4월 15일

사랑하는 재면아!

사람들은 시간은 돈이라고 하면서도 시간을 아껴 쓰려고는 하지 않는다. 돈보다 더 아껴 써야 하는 것이 시간이다. 써도 써도 남는 것이 시간인 줄 알지만, 그건 크나큰 착각이다. 젊음은 그다지 긴 것이 아니다. 인생에서 가장 중요한 시기가 태어나면서부터 스무 살이 될 때까지라고 할머니가 누누이 강조하는 것은 그만큼 그 시기의 준비가 평생을 좌우하기 때문이란다. 젊은 날을 알차게 보낸 사람은 자기가 원하는 인생을 순조롭게 꾸려나갈 수 있다. 그러나 건성으로 대충대충 보낸 사람은 남의 뒷바라지나 하면서 그늘진 삶을 살 수밖에 없다.

그렇다고 공부만 하라는 것은 절대 아니다. 신나게 놀 줄도 알아야 한다. 가능하면 사람이 하는 것은 무엇이든지 다 할 줄 알아야 한다. 공부만 잘하고 놀 줄 모르는 반편이를 할머니는 절대 원하지 않는다. 신바람 나게 놀고, 미친 듯 공부하고. 시간은 고무줄과 같아서 쓰기 나름이다. 공부도 제대로 못 하고, 놀기도 제대로 못 하면서 엉거주춤 시간만 보내는 것은 가장 실패한 삶이다. 현명하게 젊은 날을 설계, 운영해라.

2016년 4월 15일

할머니, 시간을 아끼지 않으려고 해도 아낄 수밖에 없는 형편이에요. 새로 새로 남는 게 시간이 아니라 해도 해도 모자라는 게 공부고, 시간이에요. 인생에서 가장 중요한 시기는 태어나면서부터 스무 살이 될 때까지라고, 그 시기를 잘 보내야 한다는 말씀, 명심 명심하겠습니다. 이 시기를 알차게 보내도록 하겠습니다. 그늘진 삶을 살지 않기 위해 최선의 노력을 하겠습니다.

할머니는 신바람 나게 놀고 미친 듯 공부하라고 하시지만, 공부를 하다 보면 지쳐서 신바람 나게 놀 기운이 없어집니다. 신바람 나게 놀 수 있는 친구들도 없고요.

할머니가 쓰신 대로 요즘 저는 공부도 제대로 안 되는 것 같고, 놀기도 제대로 못하는 것 같고, 엉거주춤 초조하게 시간만 보내는 것은 아닌지 자신을 채찍질하고 있습니다. 시간을 현명하게 설계해서 잘 운영해 나가겠습니다. 이렇게 하다 보면 제가 원하는 제가 될 수 있을 것 같습니다. 제가 시간을 어떻게 운영했는가는 3년 후에 분명하게 나타나게 될 것입니다. 시간을 낭비하지 않겠습니다. 하루를 25시간 이상으로 활용하겠습니다. 시간을 서투르게 쓰지 않고 익숙하게 다루어 내겠습니다.

2016년 4월 17일

할머니는 책은 마음의 재물이니 많이 읽으라 하시지만 책을 읽을 시간을 공부에 송두리째 빼앗겨 버린 이 교육 현실이 안타깝기만 합니다.

저는 그래도 할머니의 간곡한 권유로 책을 되도록 많이 읽으려고 노력은 합니다. 할머니께서도 인생의 대부분을 책에서 배웠다고 하시는 것처럼 저도 책에서 지혜를 배우고, 역사를 알게 되고, 지식을 넓혔습니다. 그런데 그것이 지속적이지 못하고 꼭 필요해야만 읽게 되니 답답할 뿐입니다. 이 바쁜 시기만 지나면 대학교에 가서 책을 싫도록 끝없이 읽겠습니다.

밥은 굶어도 책은 꼭 읽겠습니다. 어떻게 하다 보니 할아버지 책도 아직 다 못 읽었으니 제가 어떻게 책 이야기에 주눅이 들지 않겠습니까.

할아버지의 장편들은 읽었는데 대하소설은 엄두도 못 내고 있는 형편입니다. 한번 잡으면 빠져들까 봐 미루다 보니 고등학생이 되고 말았습니다.

고1이 할아버지 책을 다 읽었다는 소리를 들으면 꼭 죄지은 사람처럼 위축되고는 합니다. 안중근 의사의 말처럼, '하루라도 책을 읽지 않으면 입에 가시가 돋는다'를 책상 앞에 써서 붙여 놓고 매일 책 읽는 습관을 몸에 익히겠습니다.

모두 공부기계가 되어 사생결단 경쟁을 부추기는 이런 교육 현실이 너무 싫습니다.

2008년 4월 20일

사랑하는 재면아!

평생에 걸쳐서 배우고 익히면 그것이 삶의 윤활유가 된다. 열심히 노력한 사람에게는 그만큼의 빛나는 결실이 따라오게 되어 있다. 할머니는 게으른 사람, 태만한 사람을 아주 싫어한다. 그런 사람들은 모든 잘못된 것을 부모 탓, 남의 탓으로만 돌린다. 아무리 어려운 일이라도 열심히 노력해서 안 되는 일은 없다. 재면이는 생각이 깊고 침착하고 총명하나 혹시나 활동성이 부족하지 않을까 걱정스럽구나. 할머니의 노파심이지만 무슨 일에든 자신을 가지고 용기 있게 대처해 나가거라. 그리고 미술, 문학, 음악, 역사, 경제, 정치 등에 대한 지식도 고루 갖추었으면 좋겠다. 일반적 상식을 갖추지 않으면 정서가 고갈되어 정신의 황폐함을 느끼게 된다. 전문적 지식만 갖추고 있으면 정감 있는 교양인이 될 수가 없는 것이다. 개괄서 몇 권씩만 잘 골라 두고두고 읽으면 그런 상식을 육화시키기는 어려운 일이 아니다.

사랑하는 재면아! 사랑한다는 것은 이렇게 염려가 많은 것이구나. 건강, 건전하거라.

2016년 4월 20일

할머니, 학교 주변에 꽃들이 피기 시작하더니 어느새 만개했네요. 다른 책은 못 읽더라도 『행복이』는 매일 읽고 있어요. 아니 매일은 못 읽어도, 거의 매일 읽어요. 할머니, 이해해 주세요. 제가 훌륭한 사람으로 커 가기를 바라는 염원이 담긴 『행복이』를 읽을 때마다 새로운 각오와 다짐을 합니다. 그런 새로운 결심을 할 때마다 저는 조금씩 성장해 가겠지요. 평생에 걸쳐서 배우고 익히면 그것이 삶의 윤활유가 된다고 하신 말씀, 귀에 박혔습니다. 빛나는 결실을 위해 꾸준히 노력하겠습니다. 적어도 할머니가 싫어하는 사람은 되지 않을 것입니다. 할머니께서 싫어하는 사람은 게으른 사람이라는 것도 압니다. 제 이름이 언제나 부지런한 사람이라는 뜻을 내포하고 있는 것처럼 저도 게으른 사람을 제일 싫어합니다. 할머니는 제가 생각이 깊고 침착하고 총명하다고 생각하시겠지만, 생각이 얕을 때도 많은 것 같고 그렇게 총명하지도 않은 것 같아요. 활동성이 부족하다고 걱정하시는데, 수선스럽지는 않지만 활동성이 부족하지는 않습니다. 제 나름대로 균형을 맞추고 있습니다. 일반적 상식을 갖추라는 말씀에도 전적으로 공감합니다. 꼭 그렇게 하겠습니다. 염려하지 마세요.

2008년 4월 25일

사랑하는 재면아!

어느 분야에서나 성공한 사람들은 남달리 부지런한 사람들이다. 할머니는 부지런한 사람이 가장 훌륭한 사람이며, 부지런한 사람만이 살아 있는 사람이라고 말하고 싶다. 게으르다는 것은 반은 죽은 채로 사는 것이나 마찬가지다. 부지런히 살며 거기에다 분별력까지 갖춘다면, 그는 틀림없이 인생을 탁월하게 경영하는 능력자일 것이다.

단 1분이라도 시간을 헛되이 보내지 말아라. 꼭 공부만 하라는 것이 아니고, 놀 때는 재미있게 놀고, 휴식 시간을 보낼 때는 쉰다는 생각조차 잊어버리게 쉬고, 책을 읽을 때는 딴생각을 말고, 공부할 때는 치열하게 집중해서 한순간도 헛되이 보내지 말라는 것이다. 체계적으로 계획을 짜서 시간을 효과적으로 활용하기 바란다. 시간에 대한 인식과 자기감정의 관리능력이 없어서 일도 제대로 못하고, 놀기도 제대로 못하고, 늘 허둥거리며 사는 사람들이 뜻밖에도 많다. 지혜롭게 자기 관리를 하고 생활 관리를 하기 바란다. 한 번뿐인 인생이니까 부지런하게 후회 없이 살기 바란다. 할머니는 재면이를 사랑한다.

2016년 4월 25일

할머니, 저도 할머니와 같은 생각이에요. 부지런한 사람이 가장 훌륭한 사람이라는 것, 부지런한 사람만이 살아 있는 사람이라는 것, 게으른 사람은 반은 죽은 채로 사는 것이라는 것, 할머니께서 부지런함에 대해서, 독서에 대해서, 건강에 대해서 강조하시는 것을 제가 왜 모르겠어요. 저도 할머니와 같은 가치관을 가지고 있어요. 그 할머니에 그 손자라는 말을 듣는 것을 자랑스럽게 여기고 있어요. 단 1분이라도 시간을 헛되이 보내지 말라고 절박하게 말씀하시는 뜻도 잘 알아요. 한 번뿐인 고등학교 생활인데 일 분 일 초도 헛되이 낭비해서는 안 되겠지요. 할머니가 대신 살아 줄 수 없기에 강건한 인간으로 성장시키기 위해 『행복이』도 직접 쓰셔서 제게 주신 것이잖아요. 이렇게 힘든 시간을 보내는 가운데도 봄은 오고, 또 여름이 오고, 가을이 오겠지요. 이렇게 지내다 보면 고등학교를 졸업할 때도 오겠지요. 시간이 지나는 것이 겁이 나기도 하고, 세월이 후닥닥 빨리 지나가면 좋겠다는 생각도 합니다. 고등학생이 되니까 많이 긴장되고 힘이 듭니다. 이건 저 혼자만의 문제가 아니고 전국에 있는 모든 고등학생의 공통된 어려움일 것입니다.

2016년 4월 29일

할머니, 이렇게 매일 할머니를 부릅니다.

이렇게 할머니를 부르면 무언가 따뜻한 기운이 저를 감싸는 것 같아요. 그리고 마음에 안정이 와요.

오늘은 키케로에 대해서 쓰셨네요. 키케로를 자세히 소개하시고 그의 책을 성장해 가면서 꼭 읽으라고 추천도 하셨네요.

『의무란 무엇인가』

『예의란 무엇인가』

『웅변론』

이 책들은 시간 날 때 꼭 읽도록 하겠습니다. 지금 당장 읽고 싶지만 그럴 형편이 못 되어 다음으로 미루겠습니다. 할머니께서 읽어 보라고 권하신 책인 만큼 많은 지식을 얻을 것 같아요.

할머니는 제가 어렵고 힘든 일을 겪지 않기를 바라시지만 세상에는 어렵고 힘든 일뿐인데 어찌 저라고 피해 갈 수 있겠어요. 어렵고 힘든 일을 잘 견뎌 낼 수 있는 지혜와 용기를 두루 갖추도록 하겠습니다. 미리미리 준비해 가며 어려운 일도 쉽게, 힘든 일도 수월하게 잘 견디어 가도록 하겠습니다. 하고자 하는 마음만 굳건하면 무슨 일이든지 이루어 낼 수 있을 것 같아요.

할머니, 제가 엄살을 좀 부리고 힘든 시늉을 해도 마음 쓰지 마세요. 할머니가 계시니까 제가 그렇게 속마음을 내보이는 것이잖아요.

할머니, 할머니께서 하신 말씀 중에 '손자는 노년의 꽃이다'라고 하셨지요. 네, 아름다운 꽃으로 피겠습니다.

2008년 5월 2일

사랑하는 재면아!

몇 년만 노력해서 네 인생 전체가 순탄하게 열린다면 너는 그 몇 년을 어떻게 보내고 싶으냐. 적당히 놀고 적당히 공부해서 남에게 뒤처지는 인생을 살고 싶지는 않겠지. 학창 시절의 단 한순간도 허투루 보내지 말고, 인내심을 가지고 스스로 공부하는 자세를 길러야 되겠지. 아무 일도 하지 않으면서 빈둥빈둥 세월을 허송하는 젊은이를 볼 때마다 할머니는 그들이 참으로 딱하게 여겨진다. 그런 사람들이 우리 주위에는 생각보다 많더구나. 할머니는 이 세상에서 그 어떤 것보다도 소중한 재면이가 행여 그런 젊은이가 될까 봐 한가닥 걱정이면서도, 기우라고 생각한다.

동생이나 친구들이 그런 생활태도를 가지고 있거든 그게 얼마나 잘못된 것인지를 일깨워 주라고 구태여 이런 글을 쓴다.

재면이와는 상관없는 글이다. 공부하는 시간과 노는 시간을 정해서, 공부할 때는 체계적으로 열심히 하고 놀 때는 맘껏 그 놀이를 즐기기 바란다. 잘 놀 줄 아는 사람이 공부도 잘하는 사람이다. 공부한 후에 놀아야만 즐거움이 한층 크다는 것을 너도 때때로 체험했을 것이다.

2016년 5월 2일

어쩌면 할머니는 2008년에 제게 편지를 쓰시면서 꼭 어제 쓴 것 같은 말씀을 하셨네요. '몇 년만 노력해서 네 인생이 순탄하게 열린다면 너는 그 몇 년을 어떻게 보내고 싶으냐. 적당히 놀고 적당히 공부해서 남에게 뒤처지는 인생을 살고 싶지는 않겠지.'

할머니, 저도 할머니의 생각과 같아요. 그래서 '적당히'라는 말은 처음부터 제 사전에는 없었어요. 좀 적당히 하고 싶은 것도 있어야 하는데, 저는 적당히가 안 돼요. 모든 면에 최선을 다하고 있는데, 최선이 최대의 효과로 나타나지 않아서 속상한 거죠. 할머니께서는 최선을 다하고 최대의 효과를 바라면 불행해지니까 최소한의 결과에 만족하라고 하시지만 그것이 생각대로 안 되네요. 물론 최소의 노력을 하고 최대의 효과를 바라지는 않아요. 그런 횡재에는 관심도 없어요. 노력한 만큼의 결과에만 만족하려 하는데, 노력한 것에 반비례의 결과가 나오면 정말 자신이 미워져요.

그러나 인내심을 가지고 꾸준히 노력하려고 합니다. 금을 캐려면 금광 속으로 들어가야겠지요. 할머니, 지금 저 또 금광 속으로 들어갑니다. 할머니, 안녕히 주무세요.

2016년 5월 8일

할머니, 오늘 어버이날이라 온 가족이 다 모여서 식사도 하고 서로의 근황도 나누게 되어서 참으로 즐거웠습니다.

제가 드린 카드를 읽고 눈물을 글썽하시는 할머니의 모습을 보며 저는 행복했습니다. 할머니는 아주 작은 것에도 기뻐하시고 감동하시죠. 그래서 죄송한 생각이 들기도 합니다.

"어 참! 공부에 손자를 뺏겨서 분하다."

제가 중학생이 되면서부터 할아버지께서 자주 하시는 말씀입니다.

어렸을 때는 거의 날마다 만나다가, 초등학생이 되면서는 1주일에 한번 정도 만나게 되고, 중학생이 되어서는 기숙사 생활 때문에 한 달에 한 번으로 변하고, 이제 고등학생이 되니까 한 달을 넘겨 너무 불규칙하게 되고 말았으니 할아버지께서 그런 말씀을 탄식처럼 하시는 건 너무 당연한 일입니다. 할아버지께도 너무 죄송스럽습니다. 저도 할아버지 할머니를 매일 만나고 싶습니다.

오늘은 글씨에 대해서 말씀하셨네요. 제가 글씨는 잘 쓰는 편이었는데 요즈음은 글씨가 자꾸 작아지고 있어서 고민이에요. 컴퓨터 시대라고 해도 꼭 손글씨를 써야 하는 때가 있는

데, 글씨를 잘 쓰지 못하는 것도 부끄러운 일이지요.

글씨는 마음의 거울이라는 말도 있는데 제 마음이 이렇게 편협해지는 것은 아닌지 걱정이 되네요.

명필을 바라지는 않지만 악필이 되어서는 안 되겠지요.

할머니는 글도 잘 쓰시고, 글씨도 잘 쓰셔서 좋으시겠어요.

앞으로 작아진 글씨를 크고 정확하게 쓰려고 노력하겠습니다. 저도 모르는 사이 글씨가 작아져서 저도 놀랐습니다. 앞으로는 신경을 쓰겠습니다.

누구나 연습하면 명필이 될 수 있다는 할머니 말씀에 용기를 내서 잘 쓰도록 하겠습니다.

2016년 5월 11일

할머니, 하루에 30분씩만 책을 읽으라고 하셔서 저는 처음에 그까짓 30분은 문제가 아니라고 생각했습니다. 하지만 하루에 30분은 쉬운데 그것을 매일 지속적으로 한다는 것은 참으로 어렵다는 것을 체험으로 알았습니다.

무엇이든지 꾸준히 한다는 것은 참으로 어려운 일이네요. 밥을 먹듯이 책을 꼭 읽는 습관을 갖도록 하려고 합니다. 밥을 먹지 않으면 배가 고프듯이 책을 읽지 않으면 정신적인 배고픔을 느끼도록 생체 시계를 돌려놓겠습니다.

육체적인 배고픔만 느끼고 정신적인 허기를 느끼지 않는다면 짐승에 가까운 생활수준이지요. 책 한 권을 선정해 놓고 아무리 바빠도 30분씩만 읽는 습관을 기르려고 합니다.

할머니가 우리나라 근현대사부터 읽으라고 하셨으니 할아버지의 대하소설 『아리랑』 『태백산맥』 『한강』부터 읽겠습니다. 그런데 너무 길어서 겁이 먼저 납니다. 어찌 되었든 30분씩만 읽다 보면 다 읽는 날이 오겠지요.

지금까지 엄두도 못 낸 것은 할아버지께서 대학에 가서 읽으라고 하셨기 때문입니다. 이건 치졸한 변명이네요. 게을러서 입니다. 아무튼 게으름이 문제예요.

할머니, 죄송합니다.

그런데 할머니, 귓속말로 하는 것인데, 또 하나의 이유가 있어요. 여기 기숙사 환경이에요. 아이들이 온통 공부, 공부밖에 몰라요. 누구나 눈을 부릅뜨고 책을 파고드니 저도 30분씩이나마 딴 책을 읽을 엄두를 못 내겠어요. 모두가 똑같은 공부 기계, 왜 사는지 모르겠어요. 우울하고, 답답해요.

2008년 5월 14일

사랑하는 재면아!

세상을 사노라면 사람들 앞에서 어떤 내용을 말하거나 네 주장을 펴야 하는 일이 많이 있을 것이다. 그때는 자신감 있는 태도와 목소리로 또렷하게 그 내용을 전달해야 한다. 아무리 인물이 좋고, 아는 것이 많은 사람이라 할지라도 수줍어서 우물쭈물한다거나, 목소리가 모기 소리만큼 작고, 손짓을 수선스러울 정도로 많이 한다면 그는 자신이 말하고자 하는 내용을 절반도 전달하지 못하게 된다. 상대방을 설득시키고 감동시키기는커녕 오히려 인격까지도 의심받게 될 것이다.

말할 때는 내용도 중요하지만, 화술도 그에 못지않게 중요하다는 것을 잊지 말거라. 어떻게 하면 말을 잘할까 고민할 필요는 없다. 책을 열심히 읽고, 일상적인 대화를 나누는 평소에도 말을 정확하고 품위 있게 하다 보면 남을 설득하는 요령이 저절로 붙게 될 것이다. 품위 없는 언어는 상대방의 기분을 상하게 할 뿐 아니라, 자기 인품을 스스로 땅바닥에 내팽개치는 것과 같다. 발음을 분명하게, 그리고 무게가 느껴지는 큰 목소리로 정확하게 내용을 전달하는 습관을 익히기 바란다.

2016년 5월 14일

할머니, 일 년 삼백육십오 일 동안 매일 편지글을 쓰시다니! 다시 생각해도 놀랄 뿐입니다. 그것도 매일 다른 말씀을 하셨는데, 할머니의 성의에 저는 두 손, 두 발 다 들었습니다. 성인이 된 후에도 매일 읽고, 읽고 또 되풀이해서 읽겠습니다.

오늘은 사람들 앞에서 자기의 주장을 펴야 할 때 자신감 있는 태도와 목소리로 또렷하게 그 내용을 전달하라는 조언이네요. 좀 담대해지고 뻔뻔해지겠습니다. 저는 평소에도 말이 없고 조용하다는 평을 많이 듣는데 막상 단상에 올라가 제 소견을 말할 때는 거침없이 또 막힘없이 큰 소리로 말합니다. 내용은 우수해도 화술이 모자라면 그 내용이 정확하게 전달될 수 없다는 것도 압니다. 긴장이 안 되는 것은 아니지만 긴장하는 모습을 안 보이려고 합니다. 세심한 관찰을 하는 사람에게는 들킬 수도 있지만 크게 염려는 안 합니다. 누구나 여러 사람 앞에서 의견을 발표할 때는 긴장하지 않을 수 없을 것 같아요. 화술에 대해서도 생각해 보겠습니다. 제가 생각하기에는 별문제가 없는 것도 같습니다.

2008년 5월 25일

사랑하는 재면아!

좋은 낯빛을 지니라는 것은 이유 없이 아무 때나 실실 웃으라는 말이 아니다. 상대방을 호감으로 대하라는 뜻이다. 이유 없이 큰 소리로 말을 하거나, 분위기에 맞지 않게 크게 웃는 모습은 좀 바보 같아 보이더구나. 그뿐 아니라 이상한 몸짓을 습관적으로 하는 것도 큰 문제다.

예를 들어, 손톱을 물어뜯거나, 귀지를 파내서 입으로 후 불어 날리거나, 코를 자꾸 후비거나, 눈을 깜빡거린다거나 하면 우리는 그를 정서적으로 이상이 있는 사람이라고 판단할 것이다. 사소한 습관적 행동으로 자신이 가꿔 온 인품을 손상시킨다면 얼마나 안타까운 일이냐. 또 어떤 사람은 시계를 자꾸 들여다보기도 하고, 무엇을 기다리는 사람처럼 문 쪽을 자꾸 바라보는 모습은 그가 정서 불안으로 보이게도 한다. 그러니 말이나 행동을 남의 눈에 거스르게 해서는 안 된다. 그런 행동이 심하게 눈에 뜨이게 되면 사람들은 좀 모자라는 사람으로 간주하기도 한다. 모든 나쁜 습관은 평소부터 자각하고, 고쳐야 한다.

2016년 5월 25일

오늘은 정서 불안에 대해서 말씀하셨네요. 할머니, 현대사회에 사는 사람들은 경쟁의식 때문에 모두들 스트레스를 받고 살잖아요. 그렇기 때문에 자기도 모르게 이상한 행동을 하게 되는 것 같아요. 뭔가 자신이 없으면 큰 소리로 웃기도 하고, 손톱을 물어뜯기도 해요. 저도 손톱을 많이 물어뜯었던 때도 있었어요. 언제부터인지 모르게 그런 행동을 했었는데 요즈음에는 하지 않게 되었어요. 또 발을 흔든다든지, 눈을 깜빡거린다든지, 저도 다 해 본 버릇들이에요. 할머니가 2008년에 쓰신 편지글인데 제가 중학생 때 할 버릇까지 다 예언하셨네요. 아마 할머니도 그런 경험이 있으셨나 보죠. 할머니의 경험으로 미루어 그런 글을 쓰신 것은 아닌지요. 할머니가 이 글을 쓰신 때는 제가 초등학교 2학년 때인데 어떻게 미리미리 이런 걱정을 하셨는지 도저히 이해할 수가 없어요.

알았습니다. 할머니, 행동이나 말을 남의 눈에 거스르지 않게 조신하게 하겠습니다. 이상야릇한 행동을 해서 정서불안증 환자처럼 보여서는 안 되겠지요. 사소한 행동으로 다른 사람에게 웃음거리가 되는 것은 저도 원치 않아요. 할머니는 어떻게 이런 세세한 것까지 관심을 두시는지 존경스럽습니다.

2016년 6월 1일

할머니, 저는 공부 잘하고 머리도 좋은데 자신밖에 모르는 이기주의자보다, 공부를 조금 덜 잘하고 머리가 좋지 않아도 인성이 착한 사람을 좋아합니다. 공부도 잘하고 머리도 좋고 인성이 착한 사람이면 더 좋고요.

우리 모두는 그런 사람이 되려고 공부하는 것이지요. 자석처럼 친구를 끌어당기는 힘을 가지려고 합니다. 나보다 친구를 먼저 생각하고, 내가 하기 싫은 일은 친구도 하기 싫어할 것이라고 생각해 솔선수범하는 그런 친구가 되려고 합니다. 그런 행동이 자석이 되어 좋은 친구들을 제 옆으로 모여들게 하고 싶습니다.

이기적인 사람보다 이타적인 사람이 되고 싶습니다. 할머니 말씀대로 진실한 행동을 하는 친구, 상대방에 대한 배려를 할 줄 아는 친구, 단정한 옷차림과 기품 있는 언어를 사용하는 그런 친구가 되려고 합니다.

제가 먼저 그런 친구가 되겠습니다. 인생을 함께할 친구는 대개 고등학교 때 이루어진다고 합니다. 그러나 요즘 세태 속에서는 경쟁만 난무하는 것 같아 고개가 갸우뚱해지는 것도 사실입니다.

그러나 그런 경쟁 속에서도 우정은 싹을 틔울 것이라고 믿고 싶습니다. 그런 믿음마저 없다면 이 살벌한 경쟁을 이겨내기가 너무 어렵습니다.

할머니, 보고 싶습니다.

2008년 6월 14일

사랑하는 재면아!

열심히 공부해서 일등을 하는 것이 교육의 목적은 아니다. 공부는 인격의 형성을 목적으로 해야 한다. 배움은 정신의 힘을 길러주고 정직하고 성실하고 근면하게 사는 삶이 무엇인지를 가르쳐주는 것이다. 열심히 암기해서 사법 고시나 의사 시험에 합격했다고 치자. 그러나 그 지식을 정의로운 데 쓰지 않고 개인의 영달이나 돈벌이, 협잡에 이용한다면 그 공부가 무슨 가치가 있겠느냐.

할머니가 책을 많이 읽으라고 누차 강조하는 것은 책에서 인간다운 삶의 가치를 배우고, 그 참다운 배움을 우리의 이웃, 그늘진 삶을 사는 사람들을 위해 선용하라는 뜻이다. 물론 공부도 중요하고, 그래서 좋은 학교에 들어가는 것도 중요하다. 그러나 더 중요한 것은 사람으로서 사람답게 살며 사람의 소중함을 받들어 실천하는 것이다. 그것은 어느 한때의 노력으로 되는 것이 아니고, 일생을 통해서 꾸준히 마음으로 깨닫고 행동으로 실행해 나가야 하는 것이다. 참된 인간의 길을 가기 위해 노력하지 않은 사람은 올바른 사람으로 설 수 없다는 것을 명심하기 바란다.

2016년 6월 14일

할머니께서는 교육의 목적이 1등 하는 것이 아니라고 말씀하시지만, 지금은 1등 하는 것이 모두의 목표입니다. 물론 공부는 인격의 형성을 목적으로 하는 것은 맞지만 지금은 오직 대학을 들어가기 위해서 한다는 것이 정답입니다. 물론 그렇게 꾸준히 노력하고 인내하다 보면 인격도 형성되겠지요.

아무튼 어른들은 말과 행동이 일치되지 않는 말씀들을 많이 합니다. 공부를 잘하는 사람보고는 슬슬 놀면서 하라고 조언 아닌 조언을 하고, 공부를 못하는 사람보고는 다른 것 다 잘해도 소용없다, 학생 때는 공부가 최고라고 충고합니다.

공부도 하고 슬슬 놀기도 해서는 아무것도 이루어지지 않습니다. 앞만 보고 달릴 수밖에 없는 환경 속에서 자기와의 싸움에서 이기는 수밖에 특별난 방법이 없어요. 교육의 효과는 어려움을 이겨 내게 하는 힘을 기르는 것이지요. 혼자서 이겨 내어 보겠습니다. 해서 안 되는 일은 없다는 확신을 가지고 노력하겠습니다.

2008년 6월 22일

사랑하는 재면아!

세상을 사노라면 선의든 악의든 경쟁자가 있기 마련이다. 이성적으로 대해야 하는 것을 알면서도 마음먹은 대로 잘 안 되는 것이 경쟁자와의 관계다. 사람들은 경쟁자에 대해서 노골적으로 비판만 하지, 호감을 표현하는 이는 별로 없다. 그러나 경쟁자를 적으로 간주하고 적대시하면 그가 누구든 한 수 낮은 것이다. 되도록 경쟁자에 대한 험담은 하지 않는 게 좋다. 겉으로라도 호감이 있는 듯 표현해라. 그런 너를 사람들은 인격자라 말할 것이고, 그를 비난하며 혐오감을 드러내면 소견이 좁고 인간성이 나쁜 사람으로 취급할 것이다.

사람들은 누구든지 자기의 일 이외에는 아무 관심이 없다. 전후 사정을 모르니까 우선 듣기 좋은 말을 하는 사람에게 후한 점수를 준다. 그러니 민감하게 자기 감정을 표현하는 일은 삼가는 것이 좋다. 어제의 친구가 오늘의 적이 되고, 오늘의 적이 내일의 친구가 되는 남자들의 세상을 바라보면서 오늘은 네게 이런 현실적인 말을 다 하게 되는구나. 할머니는 부끄럽기만 하구나.

2016년 6월 22일

할머니, 경쟁을 한다는 것은 인성을 그르치게 하는 것 같아요. 양보와 배려가 없는 '나'만 위하는 삶이 경쟁입니다. 경쟁자를 좋게 말하는 사람은 못 본 것 같고, 서로 적대하는 것은 당연한 것 같아요.

그러나 그것을 겉으로 나타내는 사람이 되지 말라고 할머니는 조언을 하셨네요. 알았습니다. 경쟁자를 험담하는 것은 그가 무섭다는 증거겠지요. 저는 내색을 안 하는 편입니다. 그건 네 인생이고 이건 내 인생이다, 라고 정리해 버려요. 그를 이기려고 하는 것이 아니라 내가 더 열심히 해야겠다는 각오를 하는 편입니다.

경쟁이 필수적이긴 하지만 경쟁에서 졌다고 좌절하거나 절망하지 않고 그것을 극복하는 방법을 찾아내려고 합니다. 지금 제가 하고 있는 경쟁은 선의의 경쟁이기는 하지만, 그 선의도 만만치 않습니다.

경쟁에서 언제나 이기는 쪽에 서는 편이었는데, 요즘에는 경쟁에서 판판이 지고 있습니다. 이기는 방법은 누구보다 제가 제일 잘 아는 문제니까, 노력하겠습니다.

2008년 6월 24일

사랑하는 재면아!

역사를 알아야 하는 중요성에 이어 오늘은 왜 우리는 특히 그 일을 '의무적으로 해야 하는가'에 대해 얘기하려 한다. 재면아, 똑바로 앉아 이 글을 읽으려무나. 다 아다시피 우리 민족의 역사는 5천여 년이다. 그 긴 세월 동안에 외침을 1천여 번 당했다. 다시 말하면 5년에 한 번꼴로 크고 작은 외침을 당하며 시달려 왔다는 것이다. 그 횟수가 정확하게 931번이다. 그중에서 중국으로부터 당한 게 75퍼센트이고, 25퍼센트는 일본에게 당한 것이다. 왜 그랬을까? 우리나라는 중국 대륙의 끝에 붙은 작은 반도였기 때문이다.

'작은 반도 국가', 이것은 우리 민족의 운명이고 숙명이다. 이 피할 수 없는 지리적 위치에서 야기되는 정치적 문제를 '지정학적 조건'이라고 말한다. 우리의 뜻대로 벗어날 수 없는 운명적 속박과 숙명적 올가미는 과거만이 아니라 우리 민족의 미래와도 직결되어 있다. '과거를 기억하지 못하는 자는 그 과거를 되풀이한다.' 이 유명한 말은 바로 우리 민족에 대한 경고다. 우리 민족이 앞으로 5천 년 동안 또 1천여 번의 침략을 당하지 않는 유일한 방법, 그것이 무엇이겠느냐.

2016년 6월 24일

할머니, 우리나라 역사를 들여다보면 한심하다는 생각뿐이에요. 우리 민족의 역사가 5천 년이라고 해도 어떻게 1천 번이나 침략을 당할 수가 있을까요. 5년에 한 번꼴로 외침을 당했으니 무슨 안정이 오고 어떻게 평화를 꿈꿀 수 있었겠어요. 정확하게 931번이니 그 숫자를 잊지 않고 기억하기도 힘들었을 것 같아요. 75퍼센트를 중국에게 당했고 25퍼센트를 일본에게 당하고도 용케 살아남았네요. 작은 반도 국가라는 것이 변명은 되지만, 아무리 반도 국가라고 그렇게 많이 외침을 당할 수 있겠어요? 지도자가 정신을 못 차리고 국민도 정신을 차리지 못했기 때문에 그들이 깔보고 심심하면 침략을 했겠지요.

'과거를 기억하지 못하는 자는 그 과거를 되풀이한다.' 말은 좋지만 사람들은 과거는 과거고 현재는 현재다, 라고 체념해버렸기 때문에 그 같은 환란을 겪은 것이라고 생각합니다. 어떤 때는 이런 나라에 태어난 것이 너무 싫을 때도 있지만, 작은 반도 국가의 운명이고 숙명이라니까 이 숙명적 운명을 받아들여 나라에, 민족에 기여하는 삶을 살도록 하겠습니다.

2008년 7월 5일

사랑하는 재면아!

할아버지와 할머니의 노년에 네가 없었다면 어쩔 뻔했을까. 문득 생각하곤 한다. 너는 할아버지 할머니의 위안이고 즐거움이고 희망이다. 할머니가 매일, 이렇게 하는 게 좋고 저렇게 하는 건 나쁘다는 얘기를 하는 건 재면이의 삶이 행복하기를 바라서이니, 너무 부담스러워하지는 말아라.

재면아! 엄하고 강한 그리고 강압적인 태도로 사람의 마음을 움직일 수 없다는 것을 할머니는 경험을 통해서 알게 되었다. 특히 아랫사람에게는 부드럽게 대해야 한다. 그렇지 않아도 위축되어 있는 상황에서 명령조의 말을 들으면 백에 백, 모두 반발하게 되어 있다. 높은 자리에 있을수록 언행을 부드럽게 그리고 친절하게 해야 한다는 것을 명심해라. 그러나 부드럽게 대한다고 해서 의지까지 나약해져서는 안 된다. 평소에 강한 의지와 절대로 속을 드러내지 않는 침착함, 그리고 항상 품격 있는 언행을 보여야만 한다. 부드러운 언행 뒤에는 냉정한 객관성과 이성을 가지고 있어야 한다. 사랑하는 재면이에게 행복만이 있기를 할머니는 기도한다.

2016년 7월 5일

할머니, 할머니는 할머니의 마음을 잘 다스리고 계신가요? 아마 할머니도 뜻대로 안 될 때가 있으리라고 생각합니다. 제일 어려운 것이 마음을 다스리는 일 같아요. 이러면 안 된다는 것을 알면서도 제대로 제어가 안 되는 것을 보면 마음을 다스리는 것이 생각처럼 잘 되는 것은 아니지요. '마음'은 보이지도 않고 잡히지도 않고, 다스리려면 숨고, 형체가 없으니 참으로 난해한 것이 마음입니다. 귀찮은 것도 마음이고, 좋아하는 것도 마음이고, 모든 것이 다 마음이네요. 앞으로 이 마음을 잘 다스려 보도록 하겠습니다.

그러나 할머니는 제 마음을 잘 아시지요. 저도 할머니 마음을 잘 알아요. 서로 마음이 통하는 것이 행복인 것 같아요. 할머니와 대화를 나누다 보면 시간이 금방 지나갑니다. 이제 공부를 좀 하다가 자려고 해요. 언제나 잠이 모자라지만, 되는 일도 없고, 짜증만 납니다. 그러나 이것보다 더 적게 잘 수는 없다고 생각합니다.

2008년 7월 8일

사랑하는 재면아!

교육은 인간을 인간답게 만드는 것을 원칙으로 한다. 교육의 목적이 지식 쌓기에만 있다고 착각하는 사람도 있다. 그러나 그런 지식은 의식이 없는, 바른 실천을 하지 않는 교활한 사람을 만들어 내는 결과를 가져올 뿐이다. 이 세상에 지식을 악용하는 그런 사람들만 우글거린다면 인간사회는 어찌 되겠느냐.

'학교를 여는 사람은 감옥을 닫는 사람'이라는 말이 있는 것도 학교가 인간다운 사람을 만드는 전당이기 때문이다. 암기 위주의 교육이 횡행하는 속에서 사람다운 사람, 진실을 실천하는 사람으로 재면이가 커 가기를 바라는 마음으로 이런 글을 쓰는 것이다. 그런 숭고한 영혼을 지닌 사람이 되기 위해서 우리는 꽃다운 젊은 날을 바쳐 공부를 하는 것이다. '인내는 쓰나 그 열매는 달다'는 말은 이 세상 어느 것 하나 저절로 쉽게 이루어지는 일은 없다는 것을 뜻한다. 교만한 지식인은 인품이 좋은 무학의 사람만 못하다는 것을 할머니는 인생의 경험으로 알게 되었단다. 재면이는 인품이 훌륭한 지식인으로 세상을 살아가거라. 그것이 삶의 목표가 되기를 바란다.

2016년 7월 8일

할머니가 쓰신 편지글은 모두 다 옳은 말입니다. 그러나 고등학생인 저에게는 허망하게 느껴지는 글도 있습니다. 할머니 말씀대로 물론 교육은 인간을 인간답게 만드는 것을 원칙으로 하겠지요. 그러나 현실은 조금 다릅니다. 학교는 인간다운 사람을 만드는 전당이 아니고 어느 좋은 대학에 한 명이라도 더 합격시키는 선수를 만드는 공장으로 바뀐 지 오래된 것 아닐까요?

숭고한 영혼을 지닌 사람이 되기 위해서 하는 공부라고 하지만 그 말에 동감할 수 없어요. 이렇게 공부하다가 어찌어찌 숭고한 영혼을 지니는 사람이 생겨날지도 모르지만, 지금은 단순히 공부기계가 되어가는 중입니다. 공부기계라도 성능이 좋은 공부기계가 되어야 하는데 녹슨 기계가 될까 봐 초조합니다. 꾸준히 노력하겠습니다. 이 생각 저 생각 하다가는 죽도 밥도 안 될 것 같아요.

좋은 성과가 나오지 않으니까 쓸데없는 생각에 시간을 허비하는 것이지요. 이런 생각에 파묻히다가는 스스로 파멸할 수도 있겠지요. 앞으로는 이런 망상을 버리고 열심히 매진하겠습니다. '인내는 쓰나 그 열매는 달다.' 잠언을 인용하셨군요. 할머니, 걱정은 하지 마세욧!

2008년 7월 9일

사랑하는 재면아!

진정으로 강한 사람은 자기가 하고 싶은 일을 어떠한 장애나 어려움에도 불구하고 끝끝내 이루어내는 사람이다. 사람의 일생이라는 것은 끊임없는 노력의 연속이다. 무거운 짐을 지고 먼 길을 끝도 없이 가는 것과 같다. 무거운 짐을 내려놓고 편하게 가고 싶다고 생각한다면 인간으로 태어나지 않는 길밖에 없다. 그러니까 무겁다, 멀다, 힘들다 생각 말고 꾸준히 줄기차게 끈질기게 가는 것만이 현명하고도 유일한 해결책이다. 도중에 하차도 안 되고, 뛰어갈 수도, 쉬어갈 수도 없는 것이 인생의 길이다. 더구나 마음에 욕심이라는 짐을 얹으면 그 길은 더 멀고 지루하고 힘이 들 것이다.

맑고 밝은 마음으로, 화가 나도 참고, 분노도 이기고, 남을 원망하지도 말고, 묵묵히 걸어가라. 그 길목길목에 행복이라는 꽃이 너를 반길 것이다. 먼저 가는 사람이 있어도 굳이 앞서려고 애쓰지 말고, 네 갈 길을 서두르지도, 지치지도 말고 걸어가는 성실한 인내를 기르기 바란다.

2016년 7월 9일

할머니, 저는 제가 의지도 강하고 어떤 어려움에도 잘 견뎌낼 힘을 가지고 있다고 믿었어요. 그런데 자꾸 자신이 없어지고, 재미가 없어지고, 우울하기만 합니다.

저는 어렸을 때부터 누가 시켜서 공부했던 적은 없어요. 제가 알아서 계획을 세우고, 계획대로 실행에 옮기고는 했는데 고등학교에 와서는 그 계획에 자꾸 차질이 생기는 것 같아요.

그래서 언제나 흐린 얼굴로 지내고 있어요. 할머니 말씀대로 편하게 살고 싶다고 생각하면 인간으로 태어나지 않는 길밖에 없지요. 이왕 인간으로 태어났으니 힘들어도 힘들다 생각 안 하고 꾸준히 노력하는 길밖에 다른 방법이 없겠지요.

먼저 가는 사람이 있어도 굳이 앞서려고 애쓰지 말라 하셨는데 어떻게 뒤에 따라가면서 마음이 편하겠어요. 앞서고 싶은 것이 인간의 본능이기에 뒤에 처지면 초조해지고 짜증이 납니다.

할머니는 서두르지도 지치지도 말고 걸어가라고 하시지만 뒤에 처지면 서두르지 않을 수도 없고, 지치지 않을 수도 없어요. 시험 볼 때 너무 긴장해서 아는 것도 틀리는 이 소심증을 어떻게 해야 할까요.

죄송합니다. 할머니!

2008년 7월 20일

사랑하는 재면아!

무서운 개도 조련사의 훈련에 의해서 길들여지고, 거친 말도 조련사의 조련에 의해서 말 잘 듣는 순한 말로 길들여지듯이 사람도 조련이 필요하다고 생각한다. 그러나 사람은 자기 자신이 스스로를 길들이는 조련사가 되어야 한다. 언어를 길들이고, 행동거지를 길들이면 훌륭한 사람이 될 수 있다. 네가 너를 만들어 나가야 한다. 말도 감정 내키는 대로 하지 말고 심사숙고한 후에 조리 있고 차분하게 해야 한다.

말은 마음의 초상이고, 행동의 거울이고, 생명의 영상이다. 말에도 향기가 있다는 생각을 해 본 적이 있느냐? 좋은 향기로 네 주위에 사람이 많이 모여들게 하거라. '건강한 귀는 병든 말을 듣고도 참을 수 있다'는 세네갈의 격언을 새겨듣기 바란다. 그러나 병든 귀는 좋은 말도 알아듣지 못하는 불구이다.

사랑하는 우리 재면아! 네가 캐나다로 떠난 지 꼭 한 달이 되었구나. 참 많이 그립고, 보고 싶다. 할아버지는 아침마다 네 사진 앞에서 "재면아, 재면아!" 부르며 아침인사를 한다. 그리고 "사무치는 그리움이 무엇인지 이제야 알 것 같다"고 하신단다.

2016년 7월 20일

할머니, 저는 저를 길들이는 조련사가 되겠습니다. 다른 사람을 조련시킬 수 없으니 먼저 저를 조련하겠습니다. 말을 잘 듣지 않으면 채찍이라도 들겠습니다. 언어를 조련하고, 행동을 조련하고, 생활에 대한 잘못된 습관도 조련하겠습니다.

제가 저를 잘 길들여 1등 조련사가 되겠습니다. 초조한 마음이 들지 않도록 마음도 조련시키겠습니다. 이렇게 마음을 굳게 가지면 못 이룰 것이 무엇이 있겠습니까. 자신감을 갖겠습니다. 자존감도 잃지 않겠습니다. 모든 일에 용기를 가지고 담대한 마음으로 헤쳐 나가겠습니다. 시험 한 번 실수했다고 절망하지 않겠습니다. 실수를 딛고 일어나 앞만 보고 가겠습니다. 그러나 한 번의 실수는 용서가 되지만 두 번 실수는 용서가 되지 않습니다. 한 번 실수는 실수라고 할 수 있지만 두 번째 실수는 실력이 모자란 것입니다.

저도 저를 알 수 없습니다. 저에게 실망했습니다. 이 실망이 우울한 것입니다. 할머니, 할머니도 이런 저를 이해할 수 없으시지요? 오히려 괜찮다고 저를 위로하시는군요. 위로가 위로가 되지 않습니다.

2008년 7월 23일

사랑하는 재면아!

시인의 길은 집중과 고독에 있다. 그리고 항상 자기 자신을 성찰하는 마음과, 사람은 물론이고 세상 만상을 애정으로 보는 눈을 가져야 한다. 어찌 시인의 길만 그렇겠느냐. 이 세상 누구에게나 해당되는 말이 아니겠느냐. 다만 시인에게 더 요구되는 것일 뿐이다. 한때의 쾌락이나 우쭐댐은 삶에 아무런 보탬이 되지 않고 허망함만 보탤 뿐이다. 진실함과 진정성이 담기지 않은 표피적 행위는 참으로 무의미하다. 그리고 많이 갖고 싶은 것, 배불리 먹는 것, 이런 것들은 정신적·육체적으로 병이 될 뿐이다. 모든 것은 지나치지 않으면 허물이 없는 법인데, 너무 욕심 부리면 탈이 생기고, 그 탈이 불러온 고통으로 괴로워하는 것이 인간이다. 잃고 얻는 것에 마음 빼앗기지 말고 오로지 앞을 향해서 나아가라. 마음속에 곧은 의지만 있으면 혼자라도 쓸쓸하지 않다. 그러나 허망한 생각이나 잡생각을 많이 하게 되면 평생 그런 헛된 생각에 빠져 지내게 된다. 사람의 운명은 자기 자신의 의지에 달렸다. 정신을 집중시켜서 옳은 일, 좋은 일, 보람 있는 일이 무엇인지, 하루를 끝내고 잠자리에 들 때마다 깊이 명상하는 시간을 갖거라.

2016년 7월 23일

할머니, 오늘은 '시인의 길'에 대해서 쓰셨네요. 시인의 길이 집중과 고독에 있다는 글을 읽고 한참 생각해 보았어요. 자기 자신에 대한 점검과 세상을 따뜻이 감싸 안는 것 말고 고독에 있다는 말에는 선뜻 이해가 되지 않았어요. 고독이라는 뜻은 사전에는 외롭고 쓸쓸함이라고 나와 있네요. 시인의 역할을 다 못하기 때문에 외롭고 쓸쓸한 것인지, 외롭고 쓸쓸해야 글이 잘 써진다는 것인지 언뜻 이해하기 힘들었어요.

할머니, 자신의 운명은 자기 자신의 의지에 달렸다는 말씀에는 동감입니다. 아무렇게나 편한 대로 살면 인생에 아무런 보탬이 안 될 뿐 무의미한 인생을 살게 되겠지요. 그러나 의지를 곧게 세워서 정신을 집중시켜 학문에 몰두하면 자기가 뜻하는 대로의 인생을 살 수 있겠지요.

마음에 굳은 의지만 있다면 어떤 난관도 극복해 나갈 수 있다고 생각해요. 어떤 날은 못 읽기도 하지만, 『행복이』를 읽으며 하루를 닫게 됩니다. 하루 일과를 끝마친 것 같은 흐뭇함을 느끼며 새로운 다짐을 하게 됩니다.

2008년 7월 25일

사랑하는 재면아!

해가 뜨면 기울기 마련이고, 해가 기울면 어둡기 마련이다. 둥근 달은 한 달 내내 둥글어지고, 둥근 달은 또 나날이 이지러진다. 세상사 모든 것이 가득 차면 넘치게 되어 있고, 모자란 것은 채워지게 되어 있다. 그저 순리대로 조급해 하지 말고 차근차근 천천히 나아가라. 달걀을 보고 새벽을 알리기를 바라서야 되겠느냐. 천천히 성실하게 꾸준히 노력하면 네가 원하는 것을 이룰 수 있을 것이다. 기다리는 사람에게는 행운이 올 것이고, 고통을 참지 못하고 중도에 포기한 사람에게는 불행이 올 수밖에 없지 않겠느냐. 균형 잡힌 인생설계를 한다는 것이 말처럼 쉬운 것은 아니지만, 기본바탕만 튼튼하게 갖추면 바라는 것이 쉬이 이루어질 수도 있다. 고통을 참아내는 인내심과 끊임없는 노력을 이끄는 지속성을 갖는다면 너는 아주 슬기롭게 인생을 헤쳐나갈 수 있을 것이다. 남에게는 관대하고 자기 자신은 윤리의식으로 철저히 무장시킨다면 너는 모든 사람들에게 존경받는 큰사람이 될 것이다.

2016년 7월 25일

할머니, 다시 한 주가 시작되었어요. 이제 방학이라고 하지만 마음은 더 분주합니다. 1학기 때 제대로 못한 공부도 보충해야 하고, 2학기에 대비한 공부도 해야 하기 때문에 방학이라고 해서 쉬는 것은 아니지요. 단지 기숙사에 있지 않고 집에 있다는 환경만 달라진 것이지요. 이렇게 바쁘게 지내다 보면 고등학교를 졸업하고 대학교에 가게 되겠지요. 원하는 대학에 가는 것이 지금의 목표입니다. 세상에 모든 것은 가득 차면 넘치게 되어 있고, 모자란 것은 채워진다고 할머니께서 말씀하셨지요. 자신을 돌아보니 가득 찬 것 하나도 없고 모자란 것투성이에요. 이 모자란 것은 어느 땐가는 다 채워질 것이라고 믿고서 천천히 성실하게 꾸준히 노력하려고 합니다. 그러나 천천히는 좀 어려울 것 같아요. 천천히 하면 뒤처지게 되어 있어요. 다른 사람과 보폭을 맞춰야 낙오자가 되지 않겠지요.

할머니, 날씨가 더워지는데 몸 건강하셔야 합니다. 공부도 중요하지만 할머니 건강도 제게는 아주 중요한 문제입니다. 할머니, 할머니, 안녕히 주무세요.

2008년 7월 30일

사랑하는 재면아!

인생을 잘 살아 낼 수 있는 방법은 어떤 것에도 구애받지 않는 자유와 스스로 만족하는 행복을 느끼는 길이라고 한다.

누구에게도 의존하지 않고, 혼자서 자기 자신의 길을 개척해 나가는 것이 가장 훌륭한 모습이란다. 다른 사람의 권유 때문에, 다른 사람이 하니까 나도 한다는 식이 되면, 하는 일에 권태가 오지 않을 수 없다. 누구에게도 방해받지 않고, 간섭받지 않는 너 자신의 성을 쌓아라. 너 혼자 있어도, 여러 사람과 같이 있어도 네 뜻을 마음대로 펼치고 행동하기 바란다. 만약 일이 뜻대로 안 되면 성격 탓이라고 단념하지 말고, 일을 방해하는 성격을 고쳐 나가도록 마음을 다잡아 나가야 한다.

재면이가 새로운 일에 직면할 때마다 배가 아픈 것은 아주 자연스러운 일이다. 그만큼 신경을 쓰는 것이니 결과가 좋게 나오는 것 아니냐. 할머니는 재면이가 아파하는 그 괴로움이 안타까운 것이다. 사랑하는 재면아! 마음을 강하게 단련시켜라. 한평생을 배가 아플 수는 없지 않겠느냐. 그 원인이 '심약'에 있다는 것을 잊지 말아야 할 것이다. 인생살이의 모든 어려운 일이 재면이 앞에 얼씬도 못하게 기도하마.

2016년 7월 30일

할머니, 다른 사람이 학원에 다니니까 나도 다녀야지 하는 어설픔이 아니라 학원에 가서 배우는 것도 많아요. 걸어서 가는 것보다 차를 타고 가는 것이 빠르고, 차를 타고 가는 것보다 비행기를 타고 가는 것이 빠른 것처럼, 학원에서 공부하는 요령을 터득하는 것이 학식을 더 쌓는 점도 있어요.

혼자 하는 것이 제일 훌륭하고 확실한 방법이지요. 많이는 학원에 의존하지 않으려 하지만 전혀 의존하지 않는 것도 아닙니다. 다른 사람이 하니까 나도 한다는 식이 되면 안 된다고 할머니는 말씀하시지만 그런 면이 있는 것은 사실입니다. 의례적으로 아무 주저 없이 학원에 가는 것은 아니고, 학원에서 배우는 것이 많다고 생각해 주세요. 저도 그 점에 대해서 고민을 많이 한 후에 내린 결정입니다.

지금 고등학생이기 때문에 『행복이』가 낯설게 느껴질 때도 있어요. 죽자고 공부해야 할 시기에 인격 형성에 대한 얘기는 허무한 얘기처럼 들리기도 해요. 일생을 걸쳐서 읽고 제 길을 개척해 나가겠습니다.

2008년 8월 4일

사랑하는 재면아!

많이 배웠다고 다 훌륭한 사람은 아니다. 네가 세상살이를 해 가면서 알게 되겠지만 이 세상에는 많이 배운 사람들이 더 많은 잘못을 저지르며 살고 있단다. 그건 참으로 슬픈 일이지만, 어찌할 수 없는 인간사이기도 하다. 이 말의 뜻과 현실을 이 다음에 어른이 되어 차차로 체험하고 확인하게 될 것이다.

사랑하는 재면아!

많이 들은 말, 많이 읽은 글, 많이 본 것 중에서 가장 훌륭하다고 생각되는 것만 네 마음에 간직하며 바른 길을 택하도록 해라. 우리 재면이는 최고의 지식을 쌓고, 최고의 언행을 하는 사람이 되기를 바라는 것이 할머니의 욕심이구나. 그리고 인생사에서 가장 중요한 것이 신용이다. 물, 공기, 햇볕처럼 중요한 것이 신용이다. 신용이 있는 사람이 신의가 있는 사람이고 훌륭한 사람이다. 세상을 사는 데 중요한 것이 많이 있지만 신용과 신의가 가장 큰 무기라고 해도 지나침이 없을 듯싶다. 한 번 잃은 신의는 백 번을 잘해도 회복하기 힘든 것이다. 할머니가 '신의 없는 사람들과의 인연을 빨리빨리 정리하지 못하고 산다'며 할아버지는 늘 타박이시다.

2016년 8월 4일

할머니, 많이 배웠다고 훌륭한 사람이 아니라는 말씀에 전적으로 동의합니다. 공부 잘한다고 훌륭한 학생은 아니지요. 공부도 잘하고 남에 대한 배려도 할 줄 알고, 어른에 대한 공경심도 있어야 하고, 주위에 있는 사람들은 두루 감싸 안을 수 있는 폭 넓은 사람이 훌륭한 사람이지요. 그런 사람이 되기 위해 우리들은 학업에 열중하고 있는 것이지요. 할머니가 재차 강조하시는 말씀인데요, 세상을 살아가는 데 중요한 것이 많이 있지만 '믿음'이 제일 중요하니 신의와 신용을 잃으면 안 된다고 하셨네요. 신의와 신용을 잃으면 섬에 혼자 사는 것과 마찬가지겠지요. 아무도 그를 가까이하려고 하지 않을 테니까요. 할머니의 말씀대로 저는 훌륭하게 성장하려고 생각하고 있습니다.

이런 가정에서 그렇게 교육을 받고 자랐는데 어찌 삐뚠 길로 들어설 수 있겠어요. 할머니가 원하는 훌륭한 사람으로 사회에 보탬이 되는 일을 하면서 사회적 약자에 대해서는 온정을 가지고 함께 살아가려고 하니 아무 걱정 하지 마시기 바랍니다. 제가 열일곱 살이잖아요. 아셨죠? 할머니!

2008년 8월 5일

사랑하는 재면아!

이 세상에는 거저 되는 일은 하나도 없다. 어느 분야에서나 최고의 자리에 오른 사람들은 모두 다 목숨을 건 노력을 한 사람들이다. 피나고, 뼈를 깎는, 자기 자신과의 싸움에서 승리한 치열함의 열매가 곧 성공이다. 하루에 이루어지는 것은 아무것도 없다. 최고의 자리가 보여 주는 빛은 빙산의 일각이고, 그 아래에는 빙산만큼 큰 고통이 감추어져 있다. 창문을 열지 않으면 바람이 들어오지 않고, 커튼을 젖혀야만 볕이 들어오는 이치다.

할머니는 어느 분야에서건 성공한 사람들을 존중하고 존경한다. 그 성공이 있기까지 그들이 감내한 고통은 언제나 가슴 저리는 감동이고, 숙연한 교훈이다. 이 세상에는 운이 좋아서 되는 일은 없다. 운이 좋아서 그렇게 되었다고 믿는 것은 노력하지 않은 게으른 사람들의 치졸한 변명일 뿐이다. 천재도 오로지 노력으로 이루어진다. 꾸준히 걷지 않으면 목적지에 도달하지 못한다. 할머니는 이 쉬운 진리를 이 늙은 나이에도 새삼스럽게 가슴에 새긴다. 캐나다는 많이 덥지? 요즘엔 세계의 기후를 살펴보고 있단다.

2016년 8월 5일

할머니, 천재도 노력으로 이루어진다는 말씀을 기회 있을 때마다 하시는 뜻을 잘 압니다. 성공한 사람들의 일화로 많이 들려주셨지요. 자기 자신과의 싸움에서 이긴 사람이 성공한다는 말씀도 여러 차례 하셨고요. 성공한 사람들이 감내한 고통에 대해서도 시간 있을 때마다 말씀하셨지요.

운이 좋아서 되는 일은 하나도 없다는 말씀도 하시고요. 할머니께서 왜 그런 말씀을 하시는지 제가 모르지 않습니다. 새겨듣고 저보고도 그런 사람이 되라는 말씀이시잖아요. 오로지 노력으로 이루어지는 세상일에 대해서 얼마나 많이 강조하셨어요. 꾸준히 걷지 않으면 목적지에 도달하지 못하듯이 매일매일 수련을 쌓으라는 말씀을 듣고 또 들었습니다.

올바른 젊은이가 되어 열심히 공부하고, 공부한 것을 사리사욕을 채우는 데 사용하지 않고 사회를 위해, 이웃을 위해 쓰겠습니다. 그 길을 위해 공부하는 것이고 그것을 이루기 위해 노력하는 것입니다.

청년의 목표는 그 나라의 안위를 좌우한다는 말씀도 언제나 하셨었지요.

2008년 8월 8일

사랑하는 재면아!

하루에 10분이면 아주 짧게 느껴지지만 그것을 하루도 빠짐 없이 계속한다는 것은 어려운 일이다. 할머니도 그런 계획을 많이 세워 보았지만 제대로 지켜진 것이 별로 없었단다. 그러나 네 할아버지는 계획한 대로 변함없이 인생을 살아오신 분이다. 인생경영을 한마디로 압축해서 말하자면 '자기와의 싸움'이다. 흔히 말하는 '결심'이라는 것이 곧 그것인데, 그 싸움에서 이기기 위해서는 지치지 않고 줄기차게 계속 노력하는 것뿐이다. 그런데 그것이 너무 어려워 무수한 사람들이 실패의 쓴잔을 마신단다. 너도 할아버지처럼 자기와의 싸움에서 승리한 훌륭한 인생경영자가 되기를 간절히 소망한다. 할아버지는 인생이라는 외길의 레일 위를 걸으며 한 번도 떨어진 일이 없었단다. 자기 자신을 사랑하고, 자기 자신이 잘 되기를 바라는 그 소박한 마음으로 최선을 다하면 행복한 나날이 너를 이끌어 갈 것이다. 할머니가 이렇게 구구하고 장황하게 인생에 대한 얘기를 하는 것은 후회 없고 행복한 삶을 살게 하기 위한 조언이니, 찡그리지 말고 매일매일 이 글을 읽고 마음에 새기기 바란다. 악수!

2016년 8월 8일

할머니, 하루도 빠짐없이 꾸준히 하는 것이 제일 어려운 일 같아요. 밥을 먹고 잠을 자는 것은 본능적인 일이니까 결심하지 않아도 저절로 되는데, 이성이 동원되어야 하는 일은 하루에 2분도 매일 하기가 힘이 드네요. 하루에 10분! 그까짓 10분이라고 생각했는데 그 10분이 그렇게 하기 어렵고 힘든 일인 줄 그 10분을 지키지 못하고서야 알았습니다. 할머니께서도 그런 계획에 실패하신 적이 많이 있으셨어요? 믿기지 않아요.

그런 면에서 할아버지는 대단하신 분이지요. 할아버지는 한번 결심하시면 중도 포기는 없으시잖아요. 정말 할아버지는 자기 자신과의 싸움에서 이기신 분이에요. 그런 분이시니까 그 많은 글을 쓰신 것이지요. 아니 그뿐이 아니라 지금도 계속해서 공부하시고 글을 쓰고 계시니 참으로 훌륭하시지요. 저의 할아버지 얘기라서 이 정도만으로 끝내겠어요. 정말 할아버지는 존경스러워요. 그리고 존경하지 않을 수 없어요. 그런 할아버지의 손자라는 것이 자랑스럽기도 하지만 부담되는 것도 사실이지요. 그 할아버지에 그 손자라는 얘기를 듣고 싶은 것이 저의 욕심입니다.

할머니, 편한 밤 속으로 들어가 편히 쉬세요.

2008년 8월 9일

사랑하는 재면아!

용기가 없는 목숨은 하찮은 목숨이다. 용기는 모든 어둠을 물리칠 수 있는 등불이다. 용기는 자기 자신의 의지 안에 있다. 그 마음속에 있는 것을 표현할 수 없는 것은 소심증이거나, 비굴이거나, 겁쟁이의 못난 짓이다. 용기는 진실하고 고결하고 자랑스러운 힘이다. 그런 힘을 가슴속에 간직하기만 하고 표현하지 않는 것은 흙 속에 묻혀 있는 다이아몬드 원석일 뿐이다. 그 원석을 다듬어 보석을 만들어야 한다. 재면이 가슴속에 쌓여 있는 원석을 보석으로 만들어야 한다. 그 원석을 보석으로 만들 사람은 다름 아닌, 바로 재면이 너 자신이다.

자신의 길은 자신이 만들어 가는 것이다. 할 수 있다고 마음먹으면 하지 못할 일이 없고, 할 수 없다고 생각하면 그 어떤 일도 이룰 수 없다. 의지가 굳은 사람만 용기가 있는 사람이 아니고, 그 의지를 표현하고 실천하는 사람도 용기가 있는 사람이다. 어떤 일에 대해서 두려움을 갖는 일이 가장 어리석은 일이다. 용기는 모든 어려운 난관을 극복하는 힘이다. 용기 있는 사나이가 되어서 미지의 인생길을 향해 힘차게 발걸음을 내딛기 바란다.

2016년 8월 9일

할머니, 할 수 없다는 생각을 해 본 적은 없는데 요즈음 차츰 자신감을 잃어 가고 있어요. 할 수 있다고 마음먹으면 하지 못할 일이 없다는 할머니 말씀을 딛고 일어서겠습니다. 자신의 길은 자신이 만들어 가는 것이라는 말씀처럼 저는 지금까지 제 길은 제가 만들어서 걸어왔습니다.

그러나 요즈음 그 길이 자꾸 좁아지는 것 같고, 끊기는 것 같아서 고민 아닌 고민을 했습니다. 어떤 일에도 두려움을 갖지 않으려 하는데도 시험지만 받으면 저의 소심증이 발동을 해서 저를 당황하게 만들곤 합니다. 이것도 다 제 탓입니다. 잘하려고 하는 마음이 앞서서 오히려 실수하는 때가 많아요. 용기는 어둠을 물리치는 등불인 줄 알지만 뜻대로 되지 않을 때는 속이 상해요.

할머니는 제 속에 쌓여 있는 원석을 보석으로 만들라고 하시지만, 원석이 있는 것인지도 확신이 안 서요. 찾아내 보겠습니다. 원석으로 그냥 묻혀 둘 수는 없겠지요. 캐내서 갈고 닦겠습니다. 모든 면에 용기 있는 사나이가 되겠습니다.

2008년 8월 15일

사랑하는 재면아!

경쟁의식처럼 사람을 피곤하게 하는 것은 없다. 자기보다 나은 사람을 보면 시기심과 질투심에 그가 밉고, 싫고, 더 나아가 그가 두려워지기까지 한다. 상대방은 아는 체도 안 하는데 스스로 자신을 괴롭힐 필요가 있겠느냐. 그것은 자해행위와 같단다. 그것은 이성적 판단과 냉정한 사고가 없는 어리석은 사람이나 하는 짓이다. 괜히 다른 사람에게 경쟁의식을 가질 것이 아니라 자기 자신과의 싸움에 충실해야 한다. 어제보다 나은 오늘을 위해 자기 자신과 쉼없이 싸워야 한다. 경쟁은 승리를 좋아하지만, 승리는 경쟁을 좋아하지 않는다. 노력은 하지 않고 저절로 이기기를 바라는 승리는 무모한 것이다. 나와의 경쟁에서 이기는 자가 진정한 승리자라는 것을 언제나 잊지 말아라.

승리는 의지의 산물이지, 경쟁의 산물이 아니다. 남을 이기는 방법은 남을 이기지 않으려는 생각에서 싹튼다. 그런데 숱하게 많은 사람들이 이 사실을 깨닫지 못하거나 쉽게 망각해 버린다. 인내심과 집중력 강한 우리 재면이는 그런 어리석음을 절대 저지르지 않으리라 믿는다.

2016년 8월 15일

어제는 온 가족이 다 모여서 할아버지 생신을 축하해 드리게 되어 모처럼 행복했습니다. 할아버지 할머니는 무조건 손자를 사랑해 주시니 할아버지 할머니는 저의 안식처입니다. 8월 17일이 생신이신데 어제가 일요일이라서 앞당겨서 가족이 모인 것이지요.

할머니, 경쟁의식처럼 사람을 피곤하게 하는 것은 없다는 말씀이 전적으로 동의합니다. 저보다 나은 사람을 보면 그가 부럽고, 밉기까지 합니다. 그가 부럽고 밉다는 것은 제가 경쟁에 밀렸다는 증거지요. 경쟁에 밀리지 않으면 무엇 때문에 앞서 가는 사람이 부럽고 미워지겠어요. 그건 대단히 치졸한 감정이지요. 그가 앞서 가건 뒤에 가건 신경 쓰지 않고 제 일만 하면 되는데 그런 감정 소모를 하는 것은 낭비 중의 낭비지요. 그래서 그런 일에는 감정 소모를 안 하려고 해요. 너는 너고 나는 나다, 라는 신념 아닌 신념을 가지려고 합니다. '남을 이기는 방법은 남을 이기지 않으려는 생각이다.' 뜻이 모호했는데 여러 번 읽으니까 이해가 되는 것도 같아요. 모든 면에 인내심과 집중력을 기르겠습니다.

2008년 8월 22일

사랑하는 재면아!

휴식이라는 것은 피로해지기 전에 쉬어야만 효과가 크다. 피로가 극도에 달한 다음에 쉬는 것은 휴식이 아니라 피곤을 앓는 것이다. 그렇게 되기 전에 틈나는 대로 쉬어야 한다. 많이 쉴 줄 아는 사람이 많은 일을 할 수 있다. 휴식은 능률을 올리기 위한 수단이기 때문이다. 쉴 수 있는 여건이 아니라면 잠깐만이라도 명상하듯 눈을 감고 조용히 있으면 휴식의 효과가 크다.

눈은 신경 에너지의 25퍼센트에 해당하는 에너지를 소비한다고 하니 눈만 감고 있어도 피로가 풀리는 것은 그 때문이다. 눈은 뇌와 직결된 조직이기 때문에 잠깐이라도 눈을 감고 있으면 그 시간이 바로 뇌를 쉬게 해 주는 것이란다.

시카고대학교의 에드먼드 제이콥슨 박사의 말을 빌리면, 눈의 근육을 편안하게 쉬게 할 수만 있다면 모든 고민은 해소될 수 있다고 하는구나. 눈이 그만큼 중요한 것이니 때때로 눈을 감고 휴식을 취하도록 해라. 일요일이 있는 것은 한 주간의 피로를 풀기 위해 휴식을 하라는 신의 명령이다.

2016년 8월 22일

할머니 말씀은 구구절절이 다 옳은 말씀입니다. 일요일이 있는 것은 한 주간의 피로를 풀기 위해 휴식을 하라는 신의 명령이라는 말씀도 백번 맞습니다. 그러나 일요일도 쉬지 못하고 공부 노동에 시달립니다. 피로해지기 전에 쉬라는 말씀도 알아듣겠고, 많이 쉴 줄 아는 사람은 많은 일을 할 수 있다는 말씀도 무슨 뜻인지 알겠어요.

이 시기만 지나면 할머니 말씀대로 하겠습니다. 쉴 수 있는 여건이 아니라면 잠깐이라도 눈을 감고 조용히 있으라는 말씀은 그대로 따르겠습니다. 저는 오고 가는 차 속에서는 잠을 잡니다. 피로가 쌓이면 머리가 몽롱해져요. 눈은 신경 에너지의 25퍼센트를 차지하는군요. 그래서 눈을 감고 조용히 있어도 피로가 풀린다고 하셨군요. 잠깐이라도 눈을 감고 쉬는 습관을 익히겠습니다. 눈의 근육을 편안하게 쉬기만 해도 피로가 풀린다는 시카고대학교 교수의 말까지 빌려 저를 걱정하시는 할머니는 저의 수호천사이십니다.

때때로 눈을 감고 눈의 근육과 뇌를 쉬게 하겠습니다.

2008년 9월 2일

사랑하는 재면아!

철학가 쇼펜하우어는 '인생의 가치를 얻기 위해서 몸의 건강 상태를 돌보지 않는다는 것은 가장 무모하고 어리석은 짓'이라고 했다. 할머니의 생각도 같다. 자기 몸을 가장 사랑해야 할 사람은 바로 자기 자신이다. 자신이 돌보지 않으면 누가 돌보겠느냐.

우리의 생명과 행복을 지키는 몸! 인생의 가치도 결국은 자기 몸을 보살피고 사랑하는 데 있는 것이다. 내가 천하인데, 내 몸이 상한 다음에 부귀영화가 무슨 소용 있겠느냐. 육체보다 정신이 먼저라고 말하는 사람도 있지만 그건 현학적으로 하는 말이고, 육체가 건강해야 정신도 건강한 법이다. 정신은 육체 안에 들어 있는 무형체의 그릇이다. 몸이 병들면 마음도 따라서 병이 든다. 너에 대해서 너 스스로 예의를 지키기 바란다. 수많은 사람들이 이 점을 너무 소홀히 한다. 너를 소중하게 여기거라. 어떤 일이 있어도 너 스스로 너를 학대하는 일이 없도록 하거라. 건강은 보물 중에 보물이다.

2016년 9월 2일

할머니, 오늘은 전교 학생회장 선거가 있었어요. 할머니께 말씀 안 드렸었는데 2학년이 회장을 맡고 1학년이 부회장을 맡는 러닝메이트 선거제도예요. 그런데 1학년은 부회장에 나가고 싶다고 나가는 것이 아니고 2학년 선배한테 선택을 받아야 하는 입장이에요. 제가 선택을 받아 선거를 치렀는데, 참패를 당했어요. 저는 선거운동을 하면서 60 대 40으로 패배를 예감하고 있었어요. 2학년 선배는 여신이라고 할 정도로 모든 면에 뛰어나지만, 너무 똑똑하면 비호감일 수도 있잖아요.

그런데 할머니, 문제는 선거가 끝난 다음에 생겼어요. 우리 학교는 2학년 선배가 1학년 후배를 지도해 주는 학생 멘토 제도가 있는데, 바로 제 멘토 선배가 학생회장에 당선된 거예요. 그 멘토가 저를 선택하지 않았기 때문에 저는 가볍게 다른 선배의 제의를 받아들였어요. 그러나 결국은 제가 제 욕심 때문에 멘토를 배신한 것이 되었어요. 일생일대의 큰 실수인 것 같아요. 이번의 경험으로 앞으로는 절대로 그런 실수를 하지 말아야겠다고 결심했어요. 겉으로는 괜찮다고 하지만 선거기간 중에 제 멘토가 얼마나 섭섭했겠어요. 저는 미안하다는 말도 못했어요. 오늘은 이런 일이 있었어요.

2008년 9월 3일

사랑하는 재면아!

세상을 살아가는 데 가장 큰 재산 중의 하나가 자신감이다. 자신감이 없는 사람은 자기가 뜻한 대로 인생을 살지 못하고 남을 위해 사는 형국이 되고 만다. 나는 무엇이든지 할 수 있다는 자신감을 가지고 있으면, 새로운 일을 만나도 두려움이 없고 어떤 일이든 하지 못할 것이 없게 된다. 그리고 자기가 제일로 아름다운 사람이라고 생각해라. 그런 생각을 가지고 살면 자연스럽게 목욕도 신경 써서 하게 되고, 머리 손질도 멋지게 하게 되고, 옷도 단정하고 세련되게 입게 되고, 따라서 내면의 생각까지도 아름답고 고상해질 것이다. 남이 안 본다고, 잠깐 산책을 한다고, 집에 있는데 그냥 아무렇게나 하고 있으면 어떠냐고 헤풀어진 습관을 들여서는 안 된다. 할머니는 한 번도 수선스런 머리로 외출한 적이 없고, 잠깐 시장에 나가도, 그리고 집에 있어도 아무렇게나 하고 있지 않는다. 심지어 잠옷까지도 색깔이나 모양이 마음에 안 들면 입지 않는다.

언제나 누구를 만나더라도 당황하지 않게 몸치장을 품격 있게 하기 바란다. 단정한 차림새를 하고 있으면 마음도 단정해진다.

2016년 9월 3일

할머니, '자신감! 자신감이란 무엇인가. 이 자신감이라는 것은 실수나 실패에도 계속 살아남을 수 있는 것인가', 이런 생각을 했습니다. 일이 뜻대로 안 되면 자신감은커녕 패배감에 사로잡혀 짜증만 나고 우울한 마음이 드는데도 자신감은 사라지지 않고 제 안에 어디 숨어 있을까요? 자신감은 승리한 사람에게만 있는 것 아닌가요? 패배한 사람에게 자신감이 있다면 그는 다음번에는 꼭 성공할 수 있는 힘을 가진 사람이겠지요. 어떤 일을 만나도 위축되지 않고 두렵지 않다면 그것이 바로 자신감이겠지요.

할머니, 저도 무엇이든지 잘할 수 있다는 자신감을 잃지 않도록 노력하겠습니다. 세상을 살아가는 데 가장 큰 재산 중의 하나가 '자신감'이라는 말씀에 주눅이 들지만 그래도 '자신감'이 사라지지 않도록 꼭 잡고 있겠습니다. 그리고 내가 제일로 훌륭하고 좋은 사람이 될 수 있다는 자긍심을 아울러 갖겠습니다. 장애를 만나면 장애를 넘어서겠습니다. 넘어서려고 노력하겠습니다. 아직 희망은 있습니다.

2008년 9월 6일

사랑하는 재면아!

한 방울의 물이 모여서 개울을 이루고, 개울이 모여서 강이 되고, 마침내 바다에 이르게 된다. 한 줌 흙이 쌓여서 동산이 되고, 동산들이 겹겹이 쌓여 큰 산이 되는 것도 같은 이치다.

작은 일, 매사에 성실을 다하면 큰일은 저절로 이루어진다는 말이다. 동서양의 세계적인 인물들은 모두 하루하루의 노력을 벽돌 쌓아 올리듯이 한 사람들이다. 풀이 자라는 모습을 눈으로 볼 수 없고, 꽃이 피는 순간을 우리가 볼 수 없지만, 풀과 꽃은 겨울의 추위를 이겨 내고 봄이 되어 마침내 새싹을 피우고, 봉오리를 맺어 만개한 꽃송이를 보여 준다.

오늘을 열심히 살았기에 내일이 있는 것이고, 올해를 성실히 지냈기에 내년이 있는 것이다. 시간은 사람을 기다려 주지 않고, 시간의 흐름 앞에 변화하지 않는 것은 없다. 그런데 수많은 사람들이 그 평범하면서도 자명한 사실을 잊고 산다. 한평생이 몇천 년이라도 되는 것처럼 착각하면서. 그런데 젊은이들일수록 그런 착각이 심하다. 젊은이들은 늙은 사람들이 태어날 때부터 늙었다고 생각한단다. 재면아! 시간은 붙잡아도, 밀지 않아도 냉혹한 질주를 하고 있다.

2016년 9월 6일

할머니, 일단 할머니를 부르고 나면 마음이 안정됩니다. 이건 아마도 할머니가 저를 끔찍이 사랑하시기 때문일 것입니다.

오늘 열심히 살지 않고서 내일 큰 수확을 바라는 것은 어리석은 사람들의 행동이겠지요. 그런데 할머니, 저는 오늘 열심히 살았는데, 내일 열심히 산 만큼의 결과가 나오지 않으면 정말로 속상합니다. 그래서 자꾸 자신감을 잃는 것은 아닌지 모르겠어요. 열심히 살았더라도 최선을 다하지 않아서 나온 결과라고 인정하기엔 좀 억울한 기분입니다. 오늘의 노력이 쌓여 내일이 되고, 또 내일의 노력이 쌓여 큰일을 이루어 내는 것이겠지요. 매사에 성실을 다하겠습니다. 벽돌을 쌓듯이 작은 성실을 바쳐 공부하려 합니다.

금요일에 기숙사에서 나와 일요일 저녁에 돌아오는데 월, 화, 수, 목은 어찌나 빨리 지나가는지 금방 일주일이 지나고, 또 한 달이 지나가네요.

고2, 고3을 생각하면 시간이 좀 천천히 갔으면 좋겠지만 시간은 정말로 사람을 기다려 주지 않는 것 같아요. 할머니, 시간은 붙잡으려 해도 붙잡을 수 없다는 것을 잘 아니까 초조해집니다.

2008년 9월 12일

사랑하는 재면아!

할머니가 읽은 책 중에 이런 말이 쓰여 있었다. '공자삼계도'라는 말도 있지만, 확실치 않아 미상이라고 하더라.

일생의 계획은 어릴 때 있고
일 년의 계획은 봄에 있으며
하루의 계획은 인시(寅時)에 있으니
어려서 배우지 않으면
늙어서 아는 것이 없고
봄에 밭을 갈지 않으면
가을에 거둬들일 것이 없으며
새벽에 일어나지 않으면
하루가 빨리 지나간다. (인시-오전 3시부터 오전 5시 사이)

무엇이든지 이른 시기에, 그리고 일찍 시작해야 그 뜻을 이룬다는 것을 정확하게 짚은 진리이니 재면이는 이 글을 가슴 깊이 새겨두기 바란다. 글을 열심히 읽고, 옳은 일만 행하면 네 스스로를 다스리는 근본이 확고하게 세워질 것이다.

2016년 9월 12일

할머니, 저도 일생의 계획은 어릴 때 있고, 일 년의 계획은 봄에 있는 것도 알아요. 하루의 시작은 새벽 3시부터 5시 사이에 있는 것도 알고요. 어려서 배우지 않으면 늙어서 아는 것도 없고, 봄에 밭을 갈지 않으면 가을에 거둬들일 것이 없는 것도 알고요. 새벽에 일어나지 않으면 하루가 빨리 지나가는 것도 잘 압니다. '공자삼계도'에 있는 글이군요.

그때나 이때나 인생의 계획은 만고불변이군요. 무엇이든지 일찍 시작해야 한다는 교훈이지만, 일찍 시작하지 못했으면 늦게라도 시작해야 되지 않을까요. 늦었다고 생각하는 지금이 가장 빠른 때라는 말도 어디서 읽었던 것 같아요. 부지런하고 근면하고 게으르지 않으면 무슨 일인들 못하겠어요. 자기가 노력하지 않고서 시간을 탓하고 환경을 탓하는 것이지요. 저는 항상 '내가 노력이 부족한가? 머리가 나쁜가?' 하고 생각합니다. 언제나 돌아오는 답은 '노력이 부족하다'입니다.

2008년 9월 15일

사랑하는 재면아!

장자가 말하기를 "사람이 배우지 않으면 하늘을 오르려는 데 방법이 없는 것과 같고, 배워서 지혜가 원대해지면 구름을 헤치고 푸른 하늘을 보며 바다를 바라보는 것과 같다"고 했다.

사람은 한사코 많이 배워야 하며, 배울 기회를 잃으면 다시 기회를 만들어 더욱 배움에 힘써야 한다. 세상에 필요한 사람이 되려면 많이 배우는 길밖에 다른 도리가 없다. 배움에 열성을 바치면 성공하고, 배움에 게으른 사람은 실패할 수밖에 없다. 이 세상은 갈수록 지식사회가 되어가니 이 사실은 더욱 강화될 수밖에 없다. 배움은 보석을 캐는 것이나 마찬가지이고, 성실히 배운 사람은 세상의 보석으로 대접받는다. 집이 가난하든, 부유하든 젊은 시간을 바쳐 공부해야만 인간의 값을 하고, 이 사회의 재목이 될 수 있다. 재면이는 공부가 재미있다고 하니 할머니 가슴은 언제나 행복의 물결이 일렁인다.

재면아! 고맙다. 열심히 배우고 익혀 환하고 밝은 탄탄대로를 걸어 나가거라. 학문의 영역을 차츰 넓혀 나가며 그 속에서 인생의 참뜻을 찾기 바란다. 배움은 끝이 없다. 누구나 이 세상을 끝마칠 때까지 배우고 또 배워야 한다.

2016년 9월 15일

할머니, 장자는 배움이 없으면 살아갈 방법이 없고, 배우면 무슨 일이든지 이루지 못할 것이 없다고 했네요. 그래서 우리는 밤낮을 가리지 않고 열심히 배우고 있는 것입니다. 사람은 배워야 사람이고, 배울 기회를 잃었다 해도 다시 기회를 만들어 배움에 힘써야 한다고 강조하셨네요. 사람답게 살려면 배우는 길밖에 다른 도리가 없다고 하셨네요. 평생에 걸쳐서 배우고 공부하시는 할아버지 할머니를 생각하면 저도 평생을 배움에 매진하겠다고 결심합니다. 배움은 지식의 보석을 캐는 것이라고도 하셨고, 배운 사람은 배움을 사회를 위해 이롭게 잘 쓰면 세상의 보석으로 대접받는다는 말씀도 하셨네요. 잘 새겨듣고 배움에 게을러지지 않게 자신을 일깨워 나가겠습니다.

우선은 대학 진학이 목표니까 입시 공부에 매진할 것이고, 대학생이 되면 체계를 세워서 읽고 싶은 책과 학문에 매진하려고 합니다. 배움에서 인생의 즐거움을 찾겠습니다. 할머니 말씀대로 이 세상 끝마칠 때까지 배우고 또 배우겠습니다.

2008년 9월 29일

사랑하는 재면아!

오늘은 우리 귀한 재면이의 생일이다. 할아버지 할머니의 메시아가 되어 이 세상에 네가 온 날! 하늘도 고요하고 땅도 고요했다. 너는 빛으로 이 세상에 와 할아버지 할머니의 영혼에 사랑의 빛을 점화시켰다.

너는 할아버지 할머니의 영혼에 새 희망의 싹을 틔운 위대한 생명이었다. 네가 온 후 할아버지 할머니의 생활은 너로 시작하여 너로 끝난다. 너는 우리에게 가장 큰 기쁨을 주는 보물이다. 너로 인해서 할아버지 할머니는 아침마다 즐거웠고, 날마다 행복했다. 백 년 사는 사람은 없는데 우리는 너와 천 년을 살고 싶구나.

사랑하는 재면아!

너의 생일을 세상의 모든 축복을 모아 축하한다. 사랑하고, 사랑하는 재면아!

2016년 9월 29일

할머니, 할머니가 주신 생일 카드는 제게 너무 과분한 찬사인 것 같아요. 제가 이 세상에 온 날부터 할아버지 할머니는 마냥 행복했고, 마음에는 언제나 기쁨이 넘쳐흘렀다고 쓰셨는데, 저는 별로 행복과 기쁨을 드린 적이 없는데, 할아버지 할머니, 고맙습니다.

'이 세상에 영민함으로는 너를 따를 사람이 없고, 사려 깊고 지혜로운 네 인품은 할아버지 할머니를 언제나 감동시킨단다.' 아이구, 할머니, 과장하신 것 같아요. 저 그렇게 훌륭한 사람이 아니에요. 할아버지 할머니의 큰 사랑 앞에서 부끄러워 몸 둘 바를 모르겠어요. 제가 태어나면서부터 제게 쓰신 카드만도 상자 하나는 될 것 같아요. 할머니, 고맙습니다. 할머니가 원하시는 그런 사람으로 커 가겠습니다. 할머니의 바람에 어긋나지 않도록 노력하며 살겠습니다.

할머니, 백 년 사는 사람 없다고 하셨는데, 할머니 할아버지는 꼭 100세까지 사셔야 합니다. 저를 두고 떠나시면 안 됩니다.

2008년 10월 4일

사랑하는 재면아!

네가 하고자 하는 일의 목적을 충분히 알고, 그 가치를 인정한다면 망설임 없이, 조금도 주저하지 말고 그 길로 매진해라. 비바람이 몰아쳐도, 폭설이 퍼부어도 집념만 강하다면 너는 꼭 그 길을 갈 수 있을 것이다.

운명이란 이미 정해져 있는 것이 아니고, 네 운명은 네가 만들고 네가 지배하는 것이다. 누가 길을 가로막는 것도 아니고, 너를 속박하는 것도 아니다. 길을 막는 것도 너 자신이고 속박을 하는 것도 너 자신이다. 누구 때문에 환경이 허락지 않아 못 했다고 하는 것은 패자의 비굴한 변명이다.

모든 것은 너 자신에게 달려 있다는 것을 잊지 말거라. 너 자신을 변화시킬 사람은 너밖에 없다. 너는 너의 주인이고, 너 자신의 창조자다. 너를 도와줄 사람은 부모도 아니고 스승도 아니고 형제도 아니고 친구도 아니다. 너에게는 오로지 네가 있을 뿐이다. 이 비정한 외로움이 인생이다. 이성적 판단과 오묘한 진리도 다 네 안에 있다. 네가 너 자신을 격려하고 사랑하고 믿어라.

2016년 10월 4일

할머니, 제가 하고자 하는 일의 목적은 충분히 알고 있습니다. 그리고 그 가치가 매우 중요하다는 것도 잘 알고요. 그래서 열심히 매진하고 있습니다. 어떤 일이 있어도 제가 목표한 곳으로 가겠습니다.

운명은 자기가 만드는 것이라는 말씀대로 운명이라면 개척해 나가겠습니다. 시간이 부족했다는 것은 변명입니다. 다른 사람에게는 하루가 30시간 주어지고 제게만 24시간 주어진 것이 아니니까 치사한 변명이지요. 얼마나 더 집중했느냐에 달려 있는 것이지요. 모든 것은 저 자신에게 달려 있다는 것도 알구요. 저를 변화시킬 사람도 저 자신이란 걸 잘 알아요.

제가 저의 창조자인 것도 알아요. 아주 훌륭하게 창조해 보겠습니다. 저를 도와줄 사람은 이 세상에 저밖에 없다는 것도 알아요. 아무도 대신해 줄 수 없기 때문에 저 혼자 노력해야 한다는 것도 알아요. 게으름도 부지런함도 다 제 안에 있는 것도 알고요. 제가 저를 단련시켜 나가겠습니다.

2008년 10월 7일

사랑하는 재면아!

일본의 한 장관이 오늘 또 용서할 수 없는 망언을 했다. "우리는 정신대 여자들을 강제로 끌어온 일이 없다. 그 증거를 대라." 정신대란 다른 말로 일본군의 '종군 위안부'로, 전선에 배치되어 성노예로 유린당한 우리나라 젊은 여성들을 가리킨다. 20여만 명이 끌려갔고, 지금도 엄연히 살아서 매주 수요일이면 일본 대사관 앞에서 사죄와 보상을 요구하는 집회를 벌이고 있다. 강제로 끌려간 당사자들이 있는데도 일본은 그런 뻔뻔스런 망언을 되풀이해 우리의 분노를 촉발시키고 있는 것이다. 그런데 일본은 중국에게도 똑같은 망언을 일삼고 있다. "우리는 남경대학살을 저지른 일이 없다. 그건 중국의 조작이다." 이런 황당한 말에 14억 중국인들은 모두 분노를 터뜨리고 있다.

히틀러는 유대인 600만을 학살했다. 그래서 독일 총리 빌리 브란트는 1970년에 유대인 추모비 앞에 무릎을 꿇고 진심으로 사죄해야 했다. 일본은 그런 독일과 엄청난 대조를 이루고 있다. 우리가 두고두고 역사를 새롭게 인식해야 하는 것은 바로 일본의 그런 비양심적인 태도 때문이다.

2016년 10월 7일

할머니, 일본 사람들은 참으로 뻔뻔하고 파렴치한 족속들이네요. 정신대를 강제로 끌어간 일이 없다는 망언을 일본의 장관들이 심심하면 하고 있고, 그러면서도 경제 대국, 문화 대국을 외치고 있으니 참 한심한 인간들입니다. 20여만 명이나 성노예로 끌고 가서 유린했으면 대대손손 무릎을 꿇고 빌어도 용서를 할까 말깐데 어떻게 이렇게 뻔뻔스러운지, 마음껏 멸시해도 부족함이 없을 것 같아요.

일본은 무슨 힘을 믿고 저렇게 망발을 서슴지 않는지 모르겠지만, 그런 일본에 대응하는 우리 정부의 태도에 정말 화가 너무 납니다. 무슨 약점이 있길래 대통령이 마음 놓고 대응을 못 하는지 한심할 뿐이에요. 외교상 대통령이 못 하면 외교부 장관이 하든지, 외교부 장관도 할 수 없는 처지면 국민이 나서야 될 것 같아요. 중국에 대해서도 일본은 남경대학살을 저지른 일이 없다고 하니 중국과 연대해서 일본에 대응해야 할 것 같아요. 정말 일본은 가깝고도 먼 나라예요.

우리나라 국민들은 왜 그렇게 일본 여행을 좋아하는지 이해가 안 돼요. 우리가 그렇게 자존심도 없이 행동을 하니까 일본이 얕보고 마음대로 무시하는 것이지요.

2008년 10월 11일

사랑하는 재면아!

사람답게, 보람 있게, 일생을 보내고 싶거든 자기만의 목표를 세우고 불굴의 정신으로 도전해 나가거라. 실패를 두려워하지 말고 적극적으로 행동해 보거라. 농부가 씨앗을 뿌리고 땀 흘려 노력하면 풍성한 수확을 얻을 수 있다. 목표를 세우고 노력하면 네가 원하는 바를 이룰 수 있을 것이다. 이 세상에 불가능한 일은 없다. 재면이에게 조금 부족한 것이 있다면 좀 더 적극적인 행동력이 아닐까? 아무리 생각하고 좋은 계획을 세워도 행동하지 않고는 아무것도 거둬들일 수 없다. 적극성을 신장시키도록 지속적으로 노력해라. 자꾸 하다 보면 힘이 붙게 되고, 가속도를 낼 수 있단다.

자기에게 부족한 것을 보완하는 것, 그것이 발전이다. 이 세상에 완벽한 사람은 하나도 없다. 빈틈없는 사고, 치밀한 계획을 세워 완벽을 추구하려 노력하는 것이 우리네 삶이다. 생각과 행동은 동전의 앞뒤와 같아야 한다. 생각만 하고 행동을 안 해도 안 되고, 생각 없이 행동을 먼저 하는 것도 무척 곤란한 일이다. 사고력과 행동성이 균형 있게 잘 어우러지게 하는 것, 그것처럼 아름답고 보기 좋은 일은 없다.

2016년 10월 11일

할머니, 이 세상에 완벽한 사람은 하나도 없다는 말씀에 위로를 받았어요. 완벽하지 않으니까 완벽을 향해 가는 것이지요. 모든 면에 되도록 완벽하려고 노력합니다. 노력하다 보면 그 가까운 곳까지 이를 수 있겠지요. 노력이라는 말을 제가 자꾸 쓰는데, 노력밖에 다른 방법이 없으니까 노력이란 말을 입에 달고 살게 되었어요.

목표를 세우고 도전하고 있지만 더러 실패했을 때를 생각하지 않을 수도 없어요. 만약에 그런 일이 생긴다면 실패를 씨앗이라 생각하고 성공의 싹을 틔울 수밖에 없겠지요. 할머니께서는 이 세상에 불가능은 없다고 확신하시는데, 정말 불가능은 없는 것일까요. 불가능도, 가능성도 모두 제가 하기 나름이겠지요.

좋은 계획만 세우고 실천하지 않으면 계획은 하나 마나가 되겠지요. 자기에게 부족한 것이 무엇인가 생각해 보고 부족한 것을 보완하라는 말씀도 새겨듣겠습니다. 적극적으로 공부하고 적극적으로 행동하겠습니다.

2008년 10월 12일

사랑하는 재면아!

어떤 어려운 문제에 부딪혔다고 하자. 마음을 차분하게 가라앉히고 문제의 핵심을 꿰뚫어 봐라. 우왕좌왕 당황하는 것은 문제 해결에 아무런 도움을 주지 못한다. 심호흡을 하고, 마음에 여유를 갖고, 근본적인 해결 방법을 신중하게 모색해야만 한다. 문제가 생기는 것에 하등 신경 쓸 필요가 없다. 문제가 수시로 발행하는 것은 인생살이가 그만큼 건강하고 역동적이라는 의미이다.

아침이 오면 반드시 밤이 온다. 밤은 또 반드시 새벽을 오게 하듯이, 문제는 수시로 생기고 그 문제는 반드시 해결되게 되어 있다. 문제가 생기는 것은 자연의 이치라고 해도 틀린 말이 아니다. 문제를 푸는 열쇠는 네게 있다. 문제가 생기면 그 원인이나 해결책을 다른 사람에게서 찾는 사람이 있는데, 그런 사람은 영원히 문제를 못 풀 것이다. 재면이는 어떤 문제든지 해결할 수 있다는 의지를 앞세워 차근차근 해결해 나가거라. 그런 사람이 유능하고 훌륭한 사람이다.

2016년 10월 12일

할머니, 9월에 있었던 학생회장 선거 후유증이 제 마음속에는 커다란 흉터로 남아 있어요. 제 멘토에게 미안하다는 그 생각이 저를 아주 우울하게 해요.

오늘 할머니의 글을 읽으니 어려운 문제에 부딪혀요. 마음을 차분하게 가라앉히고 문제의 핵심을 꿰뚫어 보라고 하셨는데, 문제의 핵심을 되돌아보니 제가 학생회 선거에 나간 것은 아주 잘못한 일이에요. 우리가 탈락했으니까 그나마 다행이에요. 멘토 선배가 당선되어서 마음의 불편은 덜하니까요. 아마도 저의 행동에 멘토 선배가 많이 섭섭했을 것 같아요. 제가 너무 제 입장만 생각했어요. 욕심이라는 것이 이렇게 무서운 결과를 가져왔네요. 아침이 오면 반드시 밤이 오게 되어 있으니까 시간이 지나면 그 일을 잊을 수 있겠지요.

저의 후배답지 못한 경솔한 행동이 다른 사람이 아니라 저를 괴롭히는 것이지요. 모든 원인은 저한테 있기 때문에 제가 감수해야겠지요. 그냥 털어 버리려 하면 할수록 점점 더 생각이 나네요. 큰 경험으로 알고 앞으로 제 인생에 이런 일은 절대 없게 할 거예요.

2008년 10월 15일

사랑하는 재면아!

어제 얘기의 계속이다. 실수에서 얻는 지혜가 가장 값진 교훈이라는 것을 왜 깨닫지 못하고 열등생의 길로 들어서는지 딱할 뿐이다. 실수를 두려워하지 말아라. 한 번의 실수는 병가상사라는 말이 있다. 그런데 중요한 것은 한 번의 실수는 교훈이지만, 같은 실수를 두 번 되풀이하는 것은 어리석은 일이라는 사실이다. 같은 실수를 반복하지는 않지만 다른 일에도 계속 실수를 하는 사람이 있다. 그것은 근본적으로 실수의 원인을 규명해 내지 않고 지내기 때문이다. 내가 한 실수도 남이 한 실수도 모두가 아주 좋은 교훈이며, 스승이다.

대개의 우등생들은 일이 잘 되었을 때는 자기 노력의 결과라고 자만하고, 일이 잘못 되었을 때는 운이 나빴다느니 재수가 없었다느니 하고 다른 사람에게 책임을 떠넘기려고 드는 경우가 많다. 자칭 완벽주의자들이 저지르는 실수의 연속인 셈이다. 재면이는 실수는 나의 벗이며 스승이고 나를 더 발전시키는 인생 공부라고 생각하기 바란다.

같은 실수를 두 번 되풀이하지 않으면 현자이다.

2016년 10월 15일

할머니, 실수에서 얻는 지혜가 가장 값진 교훈이라는 것은 실감했습니다. 실수를 하고 나서야 그게 실수라는 것을 깨닫게 되었어요. 처음부터 이것이 혹 실수가 아닐까 하고 행동하는 사람은 하나도 없는 것 같아요. 이놈의 실수는 꼭 일을 그르치고 나서야 나타나는군요. 그래서 할머니는 실수를 두려워하지 말라 하셨네요. 실수가 두려워서 주저하다가는 아무 일도 할 수 없겠지요. 한 번의 실수는 용납해도, 같은 실수를 두 번 되풀이해서는 절대 안 된다는 말씀도 기억해 두겠습니다. 이 일도 실수, 저 일도 실수, 온갖 행위가 실수가 된다면 참으로 딱한 일이지요. 제 행동에 대해서 근본적으로 다시 생각해보는 습관이 실수를 줄이는 방법일 수도 있겠네요.

할머니, 실수는 확실히 좋은 교훈인 것 같아요. 그런데 실수는 제가 저질렀는데 실수의 원인을 자꾸 다른 데서 찾으려고 하더라고요. 실수에서 벗어나고 싶은 어리석은 인간의 바람이 또 어리석음을 저지르는 것이지요.

할머니, 같은 실수를 두 번 되풀이하지 않으려 조심하고 깊이 생각한 후에 행동에 옮기도록 하겠습니다. 실수를 실수로 끝내지 않고 발전의 기회로 삼겠습니다.

2008년 10월 16일

사랑하는 재면아!

좋은 계획을 세우는 것은 누구나 할 수 있는 일이다. 그러나 계획에는 반드시 실천이 따라야 한다. 그리고 계획을 세우기 전에 실천이 가능한 계획인가를 꼼꼼하게 따져 보아야 한다. 또 실천이 가능하더라도 노력은 100을 하고 성과가 10이라면 고려해 봐야 하는 문제다. 노력한 것보다 더 큰 성과를 바라는 것은 어리석은 일이지만, 노력한 만큼은 거둬들여야 좋은 계획이라고 할 수 있다. 그리고 오늘 일을 내일로 미루지 말라는 평범하고 쉬운 말 속에 성공과 실패가 담겨 있다. 오늘 일을 내일로 미루는 사람은 성공하기 힘든 사람이다. 오늘 일을 오늘 하는 것, 쉬운 듯하지만 제일 어려운 일이다.

재면아! 능력 없는 사람들은 언제나 기회가 없었다고 쉽게 말하지만, 기회는 수없이 많이 우리 곁을 스쳐 지나간다. 기회를 잡을 수 없는 눈을 가졌기 때문에 기회를 놓치는 것이다.

언제나 그물을 치고 있는 어부는 고기를 놓칠 일이 없고, 언제나 곡괭이를 손에서 놓는 일이 없는 농부는 흉년이 무엇인지를 모른다.

2016년 10월 16일

할머니, 계획을 세우는 것은 누구나 할 수 있는 쉬운 일이지요. 그러나 계획에는 반드시 실천이 따라야 하는데, 사람들은 계획은 잘 세우지만 실천을 못하는 경우가 많지요. 저도 계획을 세웠는데 실천하지 못한 것이 많이 있어요. 실천이 가능할 것이라고 생각했었는데 실패한 것도 많아요. 이런 실패는 생활습관에 관한 것들이에요. 가령 얼굴에 손을 대지 말아야지, 그리고 좋은 습관을 갖기 위해 이러저러한 일은 하지 말아야지 하고 결심은 자주 하지만 실천하지 못하는 것들이 대부분이에요. 앞으로는 계획을 쉽게 세우지 말고 계획한 것은 꼭 실천해 나가도록 힘쓰겠습니다.

할머니, '오늘 일을 내일로 미루지 마라'는 금언은 너무 쉬운 일이라서 어렸을 때는 왜 이런 쉬운 말을 어른들이 할까 하고 의아해했어요. 그런데 요즈음에는 오늘 일을 오늘 다 하는 것이 참으로 어렵게 느껴지네요.

할머니, 그런데 100의 노력을 했는데 성과가 50이나 10이 나오면 많이 실망하게 돼요. 그리고 기운이 빠지는 것을 느껴요. 10의 노력을 하고 20이 나오기를 기다린 적도 있었어요.

2008년 10월 18일

사랑하는 재면아!

세상에 태어나는 것은 선택이 아니었지만, 태어난 다음부터는 모든 것을 선택해야 하는 게 우리네 인생사다. 친구를 선택하는 일도, 직업을 선택하는 일도, 아내를 선택하는 일도 다 자신들의 몫이다. 그 수많은 선택이 인생을 풍요롭고 행복하게 하기도 하고, 삭막하고 불행하게 하기도 한다. 그만큼 선택 하나하나가 다 중요한 것이다. 진실은 삶의 의미는 무엇일까. 옳은 선택을 한 다음, 그 선택을 성취시키기 위해서 최선을 다하는 것. 그 최선의 노력이 경험으로 축적되어 그다음의 선택을 보다 쉽게 해결할 수 있는 능력이 되는 것, 그리고 그것이 발전적인 삶의 기쁨과 보람이 되는 것이다.

또 다른 선택도 있다. 개미가 될 것이냐, 베짱이가 될 것이냐, 선택은 언제나 네 자유다. 일단 선택한 후에는 후회하지 말고 끝까지 노력해서 자신의 선택에 만족해야 한다. 그것이 성공적 삶의 의미다. 선택은 스스로의 권리인 동시에 의무다. 언제나, 무슨 일이나 올바른 선택을 해야 하는 기로에 서면 너의 명석한 판단력을 최대한 발휘하거라.

2016년 10월 18일

할머니, 선택한다는 것은 아주 중요한 문제인 것 같아요. 저는 중학교에 가는 것도 제가 선택했고, 고등학교에 가는 것도 제가 선택했어요. 선택한 후에는 조금 고개가 갸우뚱하는 문제도 있었지만 얼른 털어 버리고 제 선택을 존중했어요.

선택을 하게 되면 그에 따른 책임도 져야 하기 때문에 많이 생각한 후에 결정했는데도 선택에 대한 회의를 하지 않을 수 없는 경우도 있었어요. 그러나 지나고 나면 그때의 선택이 옳았다는 자기 믿음도 갖게 되었지요. 개미가 될 것이냐, 베짱이가 될 것이냐의 선택은 너무 쉽지요. 누구나 개미가 되겠다고 하겠지요. 저는 베짱이가 될까 하고 잠깐 생각한 때도 있었어요. 너무 지치고 힘들고 결과가 좋게 나오지 않을 때는 차라리 베짱이가 되자 하고 자포자기한 적도 있었지요. 그러나 잠깐의 생각이었으니 할머니, 걱정하지 마세요.

앞으로는 선택해야 할 일이 너무 많겠지요. 선택, 선택이 인생의 행복과 불행을 좌우하게도 되겠지요. 올바른 선택을 할 수 있는 능력을 길러 나가겠습니다.

할머니, 인생이 고달프다는 말을 알 것 같아요. 할머니, 저를 믿어 주세요. 할머니를 붙들고 일어서고 있어요.

2008년 10월 26일

사랑하는 재면아!

저 머나먼 옛날에 판도라의 상자가 열리면서 그 속에서 나온 것이 번뇌와 고통과 질병이라고 한다. 다른 곳에 있던 조물주가 얼른 인간에게 그것을 치유할 수 있는 방법을 가르쳐 주었다고 한다. 그 방법을 잘 이용하는 사람은 번뇌와 고통에서 벗어나 질병에 걸리지 않을 수 있고, 그렇지 못한 사람은 번뇌와 고통에서 헤어나지 못하고 병이 든다고 한다.

사람들의 병은 모두 마음속에 있는 분노와 슬픔과 괴로움 때문에 생긴다고 한다. 마음속 분노를 어떻게 다스려야 할까. 그 분노를 들어주고 위로를 해 주고 해결책을 마련해 주는 사람이 있으면 좋겠지만, 곁에 그럴 만한 사람이 없을 때면 어떻게 하면 되겠니. 그럴 때는 스스로 두 사람 몫을 해낼 수밖에 없다. 자기의 화난 감정을 큰 소리로 말하고, 그것을 귀로 듣고, 마음을 다스리는 방법을 찾아내 화를 삭이는 것이다. 그것이 불가능할 때는 책을 읽거나, 음악을 듣거나, 명상을 해서 그 화를 삭이고 다스리면 된다. 세월을 따라 습관화하다 보면 저절로 된단다.

2016년 10월 26일

할머니, 판도라의 상자에서는 왜 번뇌와 고통과 질병이 나왔을까요? 아마도 인생은 번뇌와 고통과 질병의 연속인가 봐요. 저는 지금 행복과 평화로움과 즐거움과 여유를 갖기 위해 노력하는 시기이기 때문에 인생은 행복과 기쁨과 즐거움만이 있을 것 같아요. 마음속에 분노도 없고 슬픔도 없어요. 다만 괴로움은 있어요. 일이 뜻한 대로 풀리지 않을 때와 잘못 판단한 결과에 대해서는 괴롭지 않을 수가 없지요. 그리고 늘 회의에 잠기기는 합니다. 그러나 그런 모든 어려움들도 언젠가는 깨끗이 사라질 것이라고 믿어요.

할머니, 화가 났을 때 화를 삭일 좋은 방법이 있긴 합니다. 그건 아무도 없는 운동장이나 들판에 가서 해야 할 것 같네요. 큰소리로 화난 감정을 외치고, 그것을 제가 듣고 위로의 말을 하는 것입니다. 그런데, 저는 화가 났을 때는 방에 들어가 침묵을 지키는 방법을 취하고 있어요. 속으로만 괜찮아, 조재면 힘내라, 잊어버려라, 하고 스스로 해결합니다.

이제는 할머니의 말씀대로 얼른 책을 뽑아 들거나, 음악을 크게 틀어 놓고 마음을 평화롭게 하겠습니다.

2008년 11월 1일

사랑하는 재면아!

자기 자신을 인정한다는 것이 무엇보다 중요한 문제다. 잘났든 못났든, 많이 배웠든 배우지 못했든, 자기 스스로 자기를 인정하는 것이 아주 중요하다. 좀 못생겼다는 이유로, 많이 배우지 못했다는 이유로, 열등감에 빠져 있는 사람이 의외로 많다. 그러나 잘생긴 사람도, 많이 배운 사람도 그들 나름의 열등감이 없는 사람은 없다. 사람에 따라 차이가 있을 뿐, 열등감이 전혀 없는 사람은 없다. 왜냐하면 완벽한 사람은 단 하나도 없기 때문이다. 그 완벽하지 못함이 열등감을 만들어 내는 뿌리다.

누구나 한 번뿐인 인생에 모든 면이 완벽하게 태어났으면 좋겠지만, 조물주는 그렇게 완벽한 사람을 만드는 것에 별 관심이 없었던 모양이다. 외모가 뛰어난 사람에게는 지능을 모자라게 만들고, 지능이 우수한 사람은 성격을 나쁘게 만들기도 했다. 모두가 한 가지 이상의 결점을 가지고 태어나게 했단다.

어쩌면 우리가 산다는 것은 그 모자라는 점들을 채우기 위한 노력인지도 모른다. 그런데 의학적으로 보면 사람의 목소리와 성격은 불변이란다. 많은 사람이 성격적 결함을 갖고 있는데, 이를 어쩌면 좋으냐!

2016년 11월 1일

할머니, 자기 자신을 인정하는 사람이 이 세상에 몇이나 될까요. 누구나 자신은 무언가 부족한 사람이라고 생각하지 않을까요. 저는 할아버지 할머니가 인정해 주는 손자이지만 제가 저를 인정한다는 것은 생각도 해 보지 않았어요. 물론 아주 빼어난 사람이나 뛰어난 사람도 그 나름의 열등의식이 왜 없겠어요. 키가 너무 큰 사람은 키가 큰 것에 대해 열등감을 가질 것이고, 얼굴이 하얀 사람은 또 하얀 대로 무슨 열등감이라는 것을 갖지 않을까요. 물론 얼굴이 검은 사람은 말할 것도 없지만요.

그렇기 때문에 자기 자신을 스스로 인정하면서 모자라는 점들을 보완해 나가라는 것이지요. 그런데 미인은 지능이 좀 모자라고, 지능이 우수한 사람은 좀 못생겼으면 좋겠어요. 아니면 할머니 말씀대로 성격이나 성품이 나쁘든지요. 그래야 모든 평범한 사람들이 좋을 텐데, 지능도 우수하고, 조각 미인이고, 성격도 좋고, 착하기까지 하다면 너무 불공평한 것 같지요. 그런 친구가 제 주위에 있어요. 그러니 열등감을 느끼지 않을 수 없지요.

2008년 11월 4일

사랑하는 재면아!

한 송이의 꽃으로는 꽃밭을 만들지 못하고, 한 그루의 나무만으로도 숲을 만들지 못한다. 그와 마찬가지로 아무리 능력이 뛰어난 사람이라 해도 한 사람이 이 세상일을 모두 해결할 수는 없다. 모두 힘을 합해야만 큰 뜻을 이루고, 개개인도 행복감을 느낄 수 있는 것이다. 다른 사람과 어떻게 힘을 합쳐서 효과적인 일을 해내느냐가 사회인의 기본 요건이다. 축구를 할 때도 혼자 힘으로 골을 넣는 것이 아니라, 다른 팀원들과의 협동으로 골을 넣는 것 아니냐. 인화 단결과 화합이 인간 세상에서는 필수 조건이다.

노래만 잘하는 가수가 인기 있는 것도 아니고, 강의만 잘하는 교수가 인기 있는 것도 아니다. 그 능력에다 인간다운 성품과 매력이 조화를 이루어야만 완전한 인기를 이루어 낼 수 있다. 인간관계는 서로가 만족함을 느껴야 결속되지, 어느 한쪽만 만족해서는 안 된다. 서로가 믿고, 행복할 수 있어야만 좋은 관계가 유지되는 것이다. 그렇게 마음이 맞는 친구와는 바다도 메꿀 수 있고, 태산을 옮길 수도 있다.

2016년 11월 4일

할머니, 아무리 우수한 인자를 가진 사람이라도 혼자서는 이 세상일을 모두 해결할 수 없겠지요. 다른 사람과의 협동으로 좋은 성과를 내는 것이지요. 이렇게 화합하는 사회가 바람직한 사회라는 생각이 듭니다.

할머니께서 축구로 예를 든 것은 아주 적절한 방식이었어요. 제가 축구를 해 보아서 알지만 혼자 아무리 잘해도 골을 넣을 수 없어요. 수비와 공격이 다 같이 힘을 합해야 비로소 골을 넣을 수 있는 것이지요. 축구뿐만 아니라 모든 운동이 서로 협력하지 않고서는 실마리를 풀 수 없는 것이겠지요.

서로서로 도와가면서 이 세상을 살기 좋은 세상으로 만들어가는 것이 배우는 목적이겠지요. 조화와 협동에 대해서 생각해 볼수록 사람은 혼자서는 살 수 없는 존재라는 것을 실감하는 것이지요.

할머니, 저도 열등감을 느낄 때가 많이 있어요. 꼭 이것이다 하는 것이 아니고 때때로 그런 감정의 소용돌이에 휘말릴 때가 있어요. 할머니께서는 아니라고 말씀하시고 싶으시죠!

2008년 11월 6일

사랑하는 재면아!

'그 친구에게 나는 어떤 존재인가?' 하고 가끔씩 생각해 볼 필요가 있다. 있어도 좋고, 없어도 좋은 그런 친구는 아닐까. 그렇다면 그 책임은 어디에 있는가. 나에게 소중한 존재이기를 원하기 전에 내가 먼저 그를 위하여 헌신적이고 희생적이지 않으면 안 된다. 바라는 만큼 먼저 주고, 그리하여 서로 같은 감도의 정이 교류하는 관계, 그게 가장 바람직한 우정 관계의 성립일 것이다. 천만금을 주고도 얻을 수 없는 진실한 마음을 얻었다면 그런 친구는 보배 중의 보배다. 2,500년 전 중국의 공자나, 2,500년 전의 석가모니나, 2천 년 전의 예수나, 도교 창시자인 노자나, 1,700년 전의 힌두교의 가르침은 다 똑같다. 수천 년이 흘렀어도, 동서양이 나뉘어 있어도 사람과 사람 사이에 가장 귀중한 것은 서로 믿고 돕는 마음을 나누는 것이라는 것을 강조한 우정론이다. 그런데 할머니가 생각하기에 우정에 대한 가장 소중한 일깨움은 '그가 있을 때 그를 존중하고, 그가 없을 때 그를 칭찬하고, 그가 괴로울 때 그를 도와주라'는 것이다. 이렇게 한다면 우리 재면이 옆에는 진실하고 참된 친구들이 울타리를 치지 않을까 싶다.

2016년 11월 6일

할머니 말씀은 틀린 것이 하나도 없어요. 옳은 말씀만 제게 주시니 저도 올바른 사람으로 세상을 살아나가게 되겠지요.

우정에 관해서 하신 말씀이 다 옳지만 특히 마음에 와닿는 것은 '그가 있을 때는 그를 존중하고, 그가 없을 때는 그를 칭찬하고, 그가 괴로워할 때 그를 도와주라'는 말씀입니다. 그러나 대개의 사람들은 친구는 존중하지 않으면서 자기가 존중받기를 바라고, 그가 있을 때는 칭찬도 하면서, 그가 없을 때는 험담을 하는 경우가 허다하지요. 또 그가 괴로워할 때는 귀찮아하고 그가 내게 필요할 때는 가까이하는 경우가 많지요. 서로 돕고 도와주면서 나를 위한 일보다 친구를 위하는 마음을 갖기 위해 인성을 닦아 나가겠습니다.

모든 것은 다 돈으로 사고팔 수 있지만 마음은 사고팔 수 없는 것이니까 귀한 마음을 얻으면 귀하게 여겨 저도 그런 마음으로 친구를 대하겠습니다. 친구가 없는 사람은 외로운 섬에 갇혀 사는 것이나 마찬가지라는 글을 어디선가 읽었던 기억이 납니다.

할머니, 안녕히 주무세요. 그 덥던 여름이 지나가고 가을이네요.

2008년 11월 8일

사랑하는 재면아!

벤자민 프랭클린은 '보통 사람의 최대 결점은 자신이 다른 사람보다 낫다고 생각하는 것'이라고 했다. 다른 사람의 노력에 대해서는 점수를 박하게 주고 자기가 한 일에는 후하게 점수를 주기 때문에 그런 생각이 드는 것이다. 다른 사람의 노력의 피라미드는 보이지 않기 때문에 그런 결론을 내리지만 겉으로 드러난 것은 빙산의 일각이라고 생각해야 한다. 노력하지 않은 사람이 성공한 사람을 깎아내리는 것처럼 어리석은 일도 없다.

그런데도 세상 사람들은 그런 잘못을 숱하게 저지르며 산다. 다른 사람을 인정하는 것은 자기 자신이 그보다 더 우월하다는 것을 말하는 것이다. 그리고 다른 사람을 배려하는 것은 자기 앞에 높인 장애물을 치우는 것이나 같다. 남에게 베푼 배려는 사랑이 되어 돌아온다. 천만금을 주고도 살 수 없는 사랑이, 배려로 쉽게 얻을 수 있다면 얼마나 매력적인 삶의 기쁨이냐. 지난날을 돌이켜 보며 배려가 부족했던 때가 없었나 다시 되짚어 보고 새날을 시작하려무나.

2016년 11월 8일

할머니, 다른 사람을 인정하는 것은 자기 자신이 그보다 더 우월하다는 것을 말하는 것이라고 하셨지요. 더 우월해서 다른 사람을 인정할 수도 있겠지만, 인성이 좋은 사람이라 잘한 것은 잘했다고 인정하는 것은 아닐까요. 저는 제가 그보다 더 우월하다고 생각하지 않아도 다른 사람의 우월함을 인정하는 편이에요. 제게 무슨 이익이 있다고 그의 우월함을 깎아내리겠어요. 저는 제가 한 일에도 그 일이 훌륭하면 후한 점수를 주고, 다른 사람이 훌륭하면 그 사람에게도 박수를 보냅니다. 성공한 사람은 운이 좋아서 그렇게 되었다고 생각한 적은 한 번도 없어요. 얼마나 노력했으면 오늘의 결과를 얻었을까 하고 아낌없는 찬사를 보냅니다.

할머니는 제게 남에 대한 배려를 너무 한다고 하시지만 저도 이기적일 때가 있어요. 그러나 되도록 이기적인 생각을 안 하려고 해요. 서로 기분 좋게 살기 위해서는 배려의 끈을 놓지 말아야죠. 할머니, 제 친구들은 착하고 남을 배려하는 데는 손색이 없어요. 저는 친구들을 좋아하고 친구들도 저를 좋아합니다. 초록은 동색이잖아요.

2008년 11월 10일

사랑하는 재면아!

현재의 자기의 삶이 괴롭다고 생각하면 한없이 괴롭고, 즐겁다고 생각하면 아주 즐겁게 살 수 있다. 그런 감정을 조절하는 사람은 다른 사람이 아니고, 나 자신이다. 고통스러운 일이 생길 때 웅크리고 앉아 괴로워하면 그는 끝없이 우울해질 것이고, 책을 읽는다든가 음악을 들으면서 마음의 평온을 찾는다면 그는 그 고통을 곧 잊게 될 것이다.

할머니의 고통스러웠던 젊은 날이, 나이 들어 생각하니 한없이 행복했던 시절이었단다. 결국 고통도 행복이었다는 말이 성립된다. 기쁨과 괴로움, 행복과 불행, 웃음과 울음, 이런 감정들은 마음속에 같이 살며 주인의 현명한 명령대로 움직인다. 결국은 내가 원인으로 불행하기도 하고, 행복하기도 한 것이다. 사람들의 마음속에 자기 자신의 운명이 있다.

할아버지는 할머니가 가난으로 고생스러웠던 젊은 시절을 결코 고통스럽거나 싫어하지 않고 그때가 더 좋은 시절이었다고 추억하는 것을 할머니의 좋은 점으로 높이 평가하고, 할머니에게 고마워하시기도 한다. 재면이도 이런 할머니를 닮으면 어떨까?

2016년 11월 10일

할머니, 현재의 삶이 괴롭다고 생각하면 정말 끝이 없는 것 같고, 공부할 때가 좋을 때라고 생각하면 또 제일 좋은 때라고 할 수도 있어요. 그러나 좋다는 생각은 솔직히 안 들고 괴롭기만 해요. 어쩔 수 없이 그 괴로움을 딛고 일어서서 앞으로 나가는 수밖에 없는 것 같아요. 할아버지 할머니가 사랑해 주시고, 아빠 엄마가 아껴 주시고, 동생이 형을 잘 따르는데 무엇이 괴롭다고 엄살을 부리겠어요. 다 좋은 일만 있는데 공연히 짜증이 나고 내가 싫어질 때가 많이 있어요. 제가 행복하다고 생각하는 어린 시절을 떠올리면 한없이 행복하지만, 제가 지금 불행하다고 생각하면 끝없이 불행한 일만 생각이 나요. 요즈음의 불행은 공부한 결과가 뜻한 대로 나오지 않는 것이지요. 학생이니까 공부가 제일 중요하잖아요. 그런데 공부의 결과가 신통치 못할 때는 불행한 것만이 아니라 절망에 갇혀 버리는 것 같아요. 아무래도 제가 공부에 전력하지 않는 것일까요? 누가 알겠어요. 제가 저를 제일 잘 알 텐데도, 잘 모르겠어요. 그렇다고 포기하거나 좌절하지는 않아요. 내일이 또 있으니까요. 무엇이든지 열심히 하려 합니다.

2008년 11월 13일

사랑하는 재면아!

자기의 삶에 대한 의지와 용기가 있다면 삶의 고통이라는 놈은 얼씬도 하지 못할 것이다. 아무리 어려운 일이라도 내가 해 나가겠다는 굳은 의지만 있으면 세상살이란 그다지 어려운 것이 아니다. 전쟁에 나가서 적을 많이 물리친 사람을 용감하고 강한 사람이라고 하지만, 진정으로 강한 사람은 자기와의 싸움에서 이긴 사람이다. 네 할아버지도 자기 자신과의 싸움에서 이긴 분이다. 재면이도 자신과의 싸움에서 꼭 이기는 사람이 되도록 해라. 자기와의 약속을 안 지킨다거나, 조금만 힘이 들면 중도에서 포기해 버린다거나, 또는 주위 환경에 의해서 무너져 버린다거나, 그런 행위는 자기 자신과의 싸움에서 참패를 당하는 일이다.

자기 자신의 장단점은 자기 스스로가 가장 잘 아는 것 아니냐. 그런데도 자기에 대해서 눈먼 사람들이 적지 않은 것은 놀라운 일이다. 자신을 투시하지 못하고 자신을 지배할 수 없는 사람이 어떻게 삶을 성공으로 이끌 수 있겠느냐. 자기와의 싸움에서 이기는 길은 자신을 냉철하게 아는 것으로부터 시작된다.

2016년 11월 13일

할머니, 저는 제 삶에 대한 의지와 용기가 있어요. 그런데도 고통이라는 것이 매일 들락거려요. 어떤 일이라도 내가 해내야겠다는 굳은 의지도 있고요. 힘이 든다고 중도에서 포기하는 사람도 아니에요. 더러 나태했는지는 모르겠어요. 할아버지처럼 저도 저와의 싸움에서 이기는 싸움만 하려고 해요. 제가 저한테 져서야 어떻게 다른 사람을 이길 수 있겠어요. 이제 1학년도 마지막 학기예요. 열심히 노력해서 2학년 때는 이런 쓸데없는 생각으로 시간을 낭비하지 않으려 합니다.

저의 단점을 찾아내서 그 단점을 고쳐 나가도록 하려고요. 베토벤은 귀가 먹고 자살할 결심까지 했는데, 자살할 용기로 음악을 택해 음악의 성인이 되었다고 하잖아요. 모든 게 다 핑계고 덜 노력해서 생긴 병입니다. 짜증나고 우울해할 시간이 있다면 열심히 정진하는 마음으로 바꿔 나가려고 합니다. 모든 게 다 핑계지요. 1등 하는 사람들은 그만큼 열심히 했기 때문에 그런 결과를 얻은 것이고, 저는 그만큼 안 했기에 나쁜 결과를 받은 것이겠지요. 잡념을 버리고 공부에만 열중하겠습니다. '공부의 신'들이 모인 곳에서 잠깐 한눈을 팔면 천 길 낭떠러지로 굴러떨어진다는 사실도 깨닫게 되었습니다.

2008년 11월 15일

사랑하는 재면아!

정신력이 유난히 강한 사람이 있다. 그런 사람은 어려운 일을 잘 이겨 내고 미래의 희망을 향해서 앞만 보고 가는 사람이다. 그런 사람은 인생에 대한 긍정과 자신감이 충만한 사람이다. 이런 사람이 강한 사람이다. 네 할아버지가 그런 분이다.

어떤 어려움이 닥쳐도 겁내지 않겠다는 신념을 지니거라. 언제나 나의 취약점이 무엇인지 점검하는 습관을 갖거라. 그리고 단점이라 생각되는 부분이 발견되면 그것을 장점으로 이용하거라. 장점도 제대로 쓰지 못하면 단점이 되고, 단점을 극복하면 빛나는 장점이 되기도 한다. 장점만이 무기가 아니라, 단점도 무기가 될 수 있다.

재면이처럼 너무 조심스럽고 남에 대한 배려가 깊은 것이 단점이 될 수도 있고, 장점이 될 수도 있다. 그러나 생각이 깊고, 성실한 너의 생활 태도는 아주 큰 장점이다. 가정환경이 좋은 것도 단점이 될 수 있다. 왜냐하면 집안이 부유하다고 공부는 하지 않고 놀기만 한다면, 그 환경이 단점이 되어 그의 인생을 흐려 놓기 때문이다. 부자 집안의 자식들이 방탕한 생활로 사회적 물의를 일으키지 않더냐.

2016년 11월 15일

어제 할아버지 할머니가 출국하셔서 그런지 마음 한구석이 텅 빈 것 같아요. 곁에 계셔도 자주 만나지도 못했지만 떠나고 안 계시니 마음이 허전해요.

버클리대학교 초청으로 샌프란시스코에 가신다는 말씀을 듣고 사실은 저도 따라가고 싶었어요. 못 갈 형편이니까 더 가고 싶다는 생각이 들었을 테죠. 건강하게 계시다가 귀국하시길 바라요.

할머니, 정신력이 유난히 강한 사람이 있다고 하셨지요. 할아버지와 할머니 두 분은 정신력이 아주 강한 분들이시지요. 칠십이 넘은 연세에도 젊은 사람들보다 더 열정적으로 활동하시잖아요. 솔직히 말씀드려서 저는 할아버지 할머니가 노인이라는 생각이 안 들어요. 어떤 때는 기가 죽을 때도 있어요.

저는 할머니 말씀대로 장점이 발견되면 더 키우려고 노력하고, 단점이 발견되면 고치려고 노력합니다. 할머니는 제가 너무 조심스럽고 남에 대한 배려가 깊어서 걱정이라고 하시지만 할머니께서 걱정하실 정도는 아니에요. 장점은 장점으로 살리고 단점은 곧바로 장점으로 활용하는 지혜를 갖도록 하겠습니다.

2008년 11월 17일

사랑하는 재면아!

삶의 실천력은 아주 평범한 데서 나온다. 매일매일 규칙적으로 체조를 한다든가, 밥을 꼭꼭 씹어서 먹는다든가, 일찍 자고 일찍 일어난다든가, 그런 것들이 얼마나 쉽고 평범한 일이냐. 돈도 안 들고, 시간도 안 드니 누구나 실행하기 쉬운 일이다. 그런데 그런 일들을 꾸준히 해 나가는 사람들이 의외로 많지 않다. 삶을 건강하고 알차게 이루어 가는 사람들을 보면, 그런 평범한 일들을 줄기차게 해 나가는 사람들이다. 하찮은 것 같은 그런 일들이 육체적 건강을 지켜 줄 뿐만 아니라, 정신적 건강까지도 강건하게 해 준다는 것을 입증하는 사례다. 그런 끈기와 인내가 삶의 어려움들을 가볍게 이겨 낼 수 있는 힘의 원천이 되었다는 사실이다.

우물을 파는 사람이 물이 빨리 나오지 않는다고 중간에 포기하고, 또 다른 곳에 우물을 판다고 해서 물이 금방 나오지 않는다. 조금만 더 파면 물이 나올 텐데 끈기와 인내가 부족하여 옮기기를 되풀이하면 우물 파기는 끝내 실패할 수밖에 없다. 그래서 '10년 한길', '한 우물을 파라'는 속담이 전해져 오는 것이다. 할머니가 우리 재면이에게는 상관없는 얘기를 하고 있나 보다.

2016년 11월 17일

할머니, 평범한 것이 비범한 것이라는 말의 뜻을 알 것 같아요. 매일매일 규칙적으로 하는 일은 아주 평범한 것이잖아요. 그런데 그 평범한 일들을 꾸준히 하는 사람은 아주 비범한 사람이에요. 쉬운 일을 줄기차게 하는 것이 비범한 것이라는 것을 깨달은 거죠. 밥을 꼭꼭 씹어서 먹는 것, 책을 매일 한 페이지씩 읽는 것, 매일 일기를 쓴다는 것, 운동을 하루에 10분씩 한다는 것, 모두 다 얼마나 평범하고 쉬운 일이에요. 그러나 그것이 제일 어려운 일이기도 하니 평범은 곧 비범한 거죠.

할머니, 저는 평범하지도 비범하지도 못한 사람일까요? 평범한 일들을 지키지 못하는 것이 하루 이틀 일이 아니에요. 제가 생각해도 비범하기는 아예 그른 것이 아닐까요.

할머니, 성공을 이룬 사람들의 공통점에 대한 얘기를 들으니 숨이 막힐 것 같아요. 숨이 막히기도 하지만, 나도 그렇게 해야겠다는 결심 같은 것도 하게 됩니다.

공붓벌레, 연습 벌레, 일벌레, 아, 벌레가 되어야 하겠군요. 연습 벌레가 아니면 운동으로 세계적인 명성을 떨칠 수 없고, 공붓벌레가 아니면 어찌 뜻한 대학에 들어갈 수 있겠어요.

평범으로 비범을 이루는 벌레가 되겠습니다.

2008년 11월 21일

사랑하는 재면아!

바다가 언제나 잔잔할 수만은 없다. 폭풍우가 몰아치기도 하고, 거센 파도가 배를 좌초시키기도 한다. 가다가 암초를 만날 수도 있고, 등대를 찾지 못할 수도 있다. 그러나 무서운 밤이 지나고 아침에 해가 뜨면 언제 그렇게 사나웠냐 싶게 바다는 잔잔해진다.

우리네 인생도 그와 같아서 어려운 날만 계속되는 게 아니다. 어려움을 잘 견디면 행복한 날이 오는 것이다. 비바람과 폭풍우를 견딜 수 있는 자신을 만들어라. 좋은 일만 있다면 좋으련만, 그렇지 못한 것이 인생이다. 그리고 좋은 일만 있으면 그것이 좋은 줄도 모르고, 나쁜 일만 있다면 나쁜 일인지도 모른다. 좋은 일과 나쁜 일이 적당히 섞여 있어야 좋은 것도 알게 되고, 나쁜 것도 알게 된다.

봄, 여름, 가을, 겨울, 사계절의 의미가 음양의 조화를 깨닫게 해 준단다. 시련을 견뎌 낸 후에 얻게 되는 기쁨과 즐거움이 참다운 행복이다. 두 끼를 굶은 다음에 먹는 밥, 하루 종일 땡볕 속에서 땀을 흘리다가 뒤집어쓴 찬물 목욕……. 그런 묘미 때문에 살아볼 만한 것이 아니겠느냐. 재면이가 많이 보고 싶다.

2016년 11월 21일

할머니, 무사히 잘 다녀오셨다는 소식을 엄마한테 전해 들었습니다.

할머니, 저는 지금 암초를 만난 것일까요? 제가 암초를 만든 것일까요. 아무래도 암초는 제가 만들어서 제가 걸려 넘어진 것 같아요. 등대도 만들겠습니다. 등대를 찾지 못하면 좌초하고 마는 것이잖아요. 비바람이라면 잘 견뎌낼 것이고, 폭풍우라면 헤쳐 나가겠습니다. 밤이 지나면 아침 해가 반드시 떠오르듯이 성심을 다해 노력하다 보면 행복한 웃음을 웃을 수 있는 날도 오겠지요. 여러 가지로 복잡한 일들이 제 머릿속을 어지럽혀서 정신 집중이 안 됐다고 스스로에게 변명을 하고 면죄부를 주겠습니다.

그러나 이런 치졸한 변명을 앞으로는 절대로 용납하지 않겠습니다. 굳은 결심으로 학업에 열정을 쏟으려 합니다. 언제나 제가 저를 탓하고 위로하고 나무라고 다독여 주기도 합니다. 정말 길을 찾아가는 것은 나 자신뿐이라는 것을 절감했습니다.

할머니, 제 손을 잡아 주세요. 저도 할머니 손을 꼭 잡고 있겠습니다.

2008년 11월 28일

사랑하는 재면아!

'성공하고 싶다면 더 많은 실패를 하라.' IBM의 창업자 톰 왓슨의 말이다. 이 말은 톰 왓슨의 말만이 아니고, 성공한 사람들의 얘기를 들어보면 모두가 많은 실패를 거듭한 끝에 성공할 수 있었다고 한다. 그래서 '실패는 성공의 어머니'라는 말이 나온 게 아니겠느냐.

사랑하는 재면아!

어떤 사람이 있었다. 그는 21세에 겁 없이 뛰어들었던 사업에 실패하였고, 22세에 주의회 선거에 출마하여 낙선했고, 24세에 다시 시작한 사업에 또 실패했고, 26세에는 사랑하는 사람과 사별하고, 27세에는 건강이 안 좋아져 신경쇠약증에 걸렸다. 그러나 그는 낙망하거나 포기하지 않고 33세에 다시 하원 의원에 도전했으나 또다시 낙선하였고, 그래도 희망의 끈을 놓지 않고 45세에 상원 의원에 다시 도전했으나 또 낙선하였다. 심기일전하여 47세에 부통령에 출마하였으나 또다시 낙선의 고배를 마셔야 했다. 꼭 실패한 인생인 것 같지?

2016년 11월 28일

할머니, 저는 지금까지 실패의 연속에 있어요. IBM의 창업자의 '성공하고 싶다면 더 많은 실패를 하라'는 말이 위로가 되지 않아요. 누구나 많은 실패를 거듭한 끝에 성공할 수 있었다 하니 딛고 일어서겠습니다.

링컨을 보세요. 실패하고 또 실패하고 낙선하고 또 낙선해도 다시 일어나 또 실패하고 실패하고 또 낙선했으나 그 실패나 낙선에 무릎 꿇지 않고 꾸준히 노력하여 미국 대통령이 되었잖아요. 자기의 뜻을 끝끝내 이루기 위해 그는 절망하지 않고 계속 앞을 향해 나아간 것이지요.

링컨을 옆에서 지켜본 사람들은 그가 꼭 실패할 것이라고 생각했을 테지요. 그러나 링컨은 좌절이나 절망 대신 언제나 희망을 가슴에 품고 자기의 꿈을 이루어 낸 것이지요.

할머니께서 링컨의 얘기를 쓰신 것은 링컨처럼 실패를 두려워하지 말고 열심히 노력하라는 뜻이지요. 포기는 그의 사전에는 없는 단어였겠지요. 희망의 끈을 놓지 않고 꼭 잡고 있었던 힘이 부럽습니다. 누구나 그렇게 계속 실패를 하면 포기하기 마련인데 참으로 대단히 강한 사람이었네요.

그것은 처음 안 사실입니다.

2008년 12월 1일

사랑하는 재면아!

빌 게이츠가 이런 말을 했다. 할머니의 생각과 같기 때문에 여기에 옮겨본다.

'아무리 인물이 빼어나게 잘생기고, 물려받은 돈이 많아도, 그리고 아무리 친절한 사람이라도, 게을러서 아무 일도 하지 않는 사람은 진정한 행복이 무엇인지 모른다. 삶이란 노동의 연속이고, 노동은 곧 삶을 가르쳐 주는 것이다. 그렇기 때문에 게으른 사람은 실패할 수밖에 없다.'

게으름이 얼마나 큰 삶의 장애물인가를 일깨워 주는 말이다. 게으른 사람은 언제나 '시간이 없었다'고, '바빠서 못 했다'고 한다. 자기 자신이 게을러서 그랬다고 말하는 사람은 대체로 부지런한 사람이다. 기타에 취미가 없어서 기타를 못 친다고 말하는 사람은 취미가 없는 것이 아니고, 그럴 생각도 안 해 본 게으른 사람이다. 무엇을 하고 싶고, 얻고 싶지만 그것을 얻기 위해 치러야 할 고통이 싫어 미리 외면하는 것이다.

줄기차게 하루 5분! 그것이 한평생. 그 효과는 얼마일까? 그렇게 5분, 10분 단위로 인생을 설계해 열성적으로 노력한다면 얼마나 큰 인생의 수확을 거둘 수 있을까.

2016년 12월 1일

할머니, 2016년의 마지막 달입니다. 12월! 새로운 다짐을 하고 새해를 맞던 지난날과는 달리 고2가 된다고 하니 찬바람이 코끝에서 부는 것 같습니다. 장애물은 내 안에 사는 게으름입니다. 게으름에 대해서 오랫동안 생각해 보았습니다. 저는 제가 게으르지 않다고 생각하는데 혹시 게으름이 어디에 숨어 있는 것은 아닌지, 내면을 들여다보았습니다. 게으른 것 같지는 않은데 집중력이 모자란 것일까, 아니면 덜 노력한 탓일까. 빌 게이츠가 한 말에 동감합니다.

어떤 빼어난 조건이 있어도 게으르고 아무 일도 하지 않는 사람이 제일 불행한 사람이라는 것이지요. 저도 그렇게 생각합니다. 시간이 없어서 못 하는 일은 없고, 바빠서 못 하는 일도 없겠지요. 귀찮은 일이 많은 사람이 게으른 사람입니다. 몸이 불구인 사람들도 얼마나 훌륭한 일을 해내는지, 부끄러울 때가 많이 있습니다. 그들은 그런 악조건 속에서도 하면 된다는 생각 하나로 역경을 이겨 내는 것이지요. 그리고 몸이 건강한 사람보다 열 배는 더 부지런하게 노력하는 것이지요. 게으른 것도 악한 것만큼 나쁜 것이지요.

2008년 12월 3일

사랑하는 재면아!

성공을 가로막는 것은 무엇일까. 실패를 유도하는 사람은 누구일까. 우리의 인생에 장애물은 무엇일까. 그리고 시련과 고난은 누가 보낸 악의적 선물일까. 무엇일까. 누구일까.

그건 다른 사람이 아닌 바로 나 자신이다. 성공을 가로막는 것도 나 자신이고, 실패를 맛보게 한 것도 나 자신이고, 시련과 고난과 장애물도 내가 만들어 겪는 것이다. 나 자신이 경영하는 인생마당에서 내가 원인을 제공하고, 그 대가도 치르는 것이다. 나를 단련시키고, 생각을 굳건히 하고, 그리고 나를 믿고, 용기와 자신감을 갖고 장애물 경주를 즐기겠다는 각오를 하면 인생은 그렇게 힘들지도 어렵지도 않을 것이다.

내 앞을 가로 막고 서 있는 나 자신을 수시로 밀어내고 넘어서면서 잠든 내 영혼을 줄기차게 깨워야 한다. 삶의 실패는 내일 다시 일어설 수 있다는 성공의 암시다. 앞으로 나아가게 하는 훈련이다.

우리 인간의 마음속에 도사리고 있는 여러 개의 마음을 항시 응시하고, 다스릴 줄 알아야 한다. 그 부정적인 마음들을 다스리는 것. 그것을 일러 '자기와의 싸움'이라고 한다.

2016년 12월 3일

할머니, 실패를 유도하는 것도, 성공을 가로막는 것도 모두 자기 자신이겠지요. 장애물도 고통도 모두 자기 자신이 만들어 내는 친구겠지요. 공부도 누가 대신해 줄 수 있는 것이라면 얼마나 좋겠어요. 그러나 누가 대신할 수 있는 일은 아무것도 존재하지 않아요. 모두가 자기 스스로 해야 하는 일들뿐이지요. 그러니까 성공도 실패도 모두 자기 자신이 선택한 결과입니다. 내 앞을 가로막고 서 있는 것도 나 자신인 것을 모르는 것이 아니에요. 그런데 잘 보이지 않은 것이 문제에요. 잘 보이지 않은 것이 아니라 안 보려고 하는지도 모르지요.

우리 인간들의 마음속은 아주 복잡해요. 하나의 마음만 있는 것이 아니라 여러 개의 마음들이 서로 등을 떠밀며 있는 것 같아요. 저는 그 마음속에서 부지런함과 열정과 집중력만 키우겠어요. 제 마음에 있으면서 저를 해치려는 것들은 아예 자라지 못하게 하겠어요. 그건 내가 아닌 나라고 생각하겠어요. 할머니, 저는 할머니와 마주 앉으면 아주 수다쟁이가 되는 것 같아요. 할머니는 저의 단점도 장점으로 보아 주시기 때문에 말문이 트이는 것 같아요.

2008년 12월 8일

사랑하는 재면아!

성공의 기회는 살아 있는 동안에는 계속 온다. 그가 노력하는 한 성공은 그의 주위를 맴돌고 있다. 실패하고, 또 실패하더라도 다시 일어서는 사람에게 성공의 기회는 끊임없이 주어진다. 실패를 두려워하지 말아라. 실패한 후 의지를 새롭게 하여 다시 시작한다면 성공은 가까이까지 온 것이다. 실패를 겪은 후 의기소침한 사람은 성공을 밀어내는 사람이고, 다시 분발하여 더 노력하는 사람은 그에게 새로운 기회가 주어져 능력과 잠재력을 키워낼 사람이다. 그런 사람이 위대한 역량을 갖춘 사람이다. 이미 반은 성공한 것이나 같다.

실패는 의지를 시험하는 과정이다. 강인한 의지는 실패를 두려워하지 않는다. 실패는 성공을 싹 틔우는 거름이다. 거름을 주지 않으면 싹이 자라지 않는다. 실패 없는 성공은 없다. 넘어질 때마다 더 힘차게 일어나면 된다. 실패를 많이 한 사람이 성공한 예를 보더라도 실패는 성공의 씨앗일 뿐 그렇게 겁낼 것도, 부끄러워할 필요도 없다.

2016년 12월 8일

할머니, 성공의 기회는 정말 계속 오는 것일까요? 노력하는 사람에게 오는 것이 성공인 줄은 알겠어요. 혹시 노력했는데도 안 오면 어쩌지요. 그것은 노력이 부족했기 때문일까요? 실패하고 또 실패하더라도 계속 노력해야 할까요? 그러면 성공의 기회가 올까요?

할머니는 실패를 두려워하지 말라고 하셨는데 여러 번 실패하다 보니 실패가 일상이 된 듯해요. 이것이 의기소침한 것일까요. 의기소침은 제게 아무런 도움이 안 되고 오히려 실패를 조장하는 것 같은 느낌이에요.

실패는 의지를 시험하는 과정이라는 말씀을 듣고 저는 제가 의지가 강인한 편이라고 믿었던 생각을 거두어들이려고 해요. 강인한 의지는 실패를 두려워하지 않는다는데 저는 실패가 제일 두렵거든요.

넘어질 때마다 더 힘차게 일어나라는 말씀인데 저는 넘어질 때마다 자꾸 자신감을 잃어가는 것 같아요. 저의 실패는, 학생이니까 시험을 잘 못 보는 것이에요. 다른 친구들이 저보다 더 노력하기 때문에 저는 제자리걸음을 걷는다는 생각이 듭니다. 저는 그것이 부끄러워요. 제 사전에는 '실패'라는 괴물은 없었거든요.

2008년 12월 10일

사랑하는 재면아!

사람들은 누구나 자신이 원하는 대로 살아가는 것이다. 인생도 그렇게 귀결지어진다. 어느 정도의 목적을 이뤄냈다고 그 자리에 만족한다면 그 정도로 사는 것이고, 그날부터 추락의 길을 걷게 되는 것이다. 예술가가 명성을 얻으면 나태해진다던가, 운동선수가 돈을 벌고 이름을 얻으면 훈련을 게을리한다던가, 법관이 어느 자리에 오르면 육법전서에서 손을 놓아 버린다던가, 그렇게 나태해지면 그들은 차츰차츰 쇠락해져 갈 것이다.

피카소처럼 죽기 직전까지 새로운 영감을 끌어내기 위해 노력하는 모습은 참으로 귀감이 되는 좋은 모습이다. 인생에 완성이란 없다.

신성한 목표를 향해, 그 목표를 즐기면서 발전해 나간다는 생각을 가지고 생활하기 바란다. 평범한 생활에 만족하지 말아라. 끊임없이 새로운 인생을 위해 도전하거라. 빛나는 인생만이 재면이 앞에 펼쳐지기를 할머니는 기도한다. 매일매일 발전하는 자만이 살아 있는 것이라고 해도 과한 말이 아니다.

2016년 12월 10일

할머니, 매일매일 발전하는 자만이 살아 있는 것이라고 하셨지요. 매일 발전하지 않는 사람은 어떤 사람일까요? 빈둥빈둥 먹고 놀기만 하는 사람은 매일 퇴보하는 사람이겠지요.

할머니, 할머니도 저도 매일매일 발전하는 삶을 살고 있으니까 이렇게 할머니와 대화를 나누게 되는 것이지요. 할머니께서 도스토옙스키가 쓴 소설의 한 대목을 여행을 할 때 들려주셨지요. '좋은 추억, 특히 어린 시절 가족 간의 아름다운 추억만큼 귀하고 강력하며 어린이의 앞날에 유익한 것은 없다'고요. 고등학교에 들어오기 전에는 가족 여행을 일 년에 두 차례는 꼭 갔었는데 고등학교 시절은 여행금지 기간이 되었네요. 할머니, 건강하셔야 합니다. 그래야만 제가 고등학교를 졸업하면 할아버지 할머니와 함께 가족 여행을 가지요. 할머니는 건강에만 신경 쓰시고 저는 공부에만 전력을 다하겠습니다.

할머니, 저는 목표를 향하여 꾸준히 공부하겠습니다. 할머니의 바람을 제가 꼭 이루어 드리겠습니다. 할머니가 원하는 빛나는 인생을 위해서! 날씨가 추워졌습니다. 특히 감기에 조심하십시오. 제가 몽골에 가서 사 온 머플러를 두르고 다니세요. 훨씬 따뜻하게 느껴질 거예요. 제가 선물한 것이니까요.

2008년 12월 17일

사랑하는 재면아!

새로운 환경을 접하게 되면 모두가 낯선 사람이다. 그 사람들과 사귀고 싶으면 네가 먼저 그의 친구가 되려고 해라. 그렇다고 과잉 친절이나 아부나 아첨의 말을 하라는 것은 아니다. 진실한 마음을 보내고, 진정으로 행동하면 그들의 마음의 문이 열릴 것이다. 누구든 하루아침에 친구로 만들기는 어려운 일이다. 친구를 사귀는 것은 인간의 집을 짓는 것이니, 한 장씩 벽돌을 쌓아 올리듯 정성스럽게 마음을 다해라. 슬퍼할 때 같이 슬퍼하기는 쉽다. 그가 앉아 있을 때 함께 앉아 있기도 쉽다. 그러나 그가 기쁠 때 같이 기뻐해 줄 수 있는가. 그렇다, 진정한 친구는 기쁠 때 같이 기뻐해 줄 수 있어야 한다. '사촌이 땅을 사면 배가 아프다'는 말이 있듯이 친구가 잘되는 것을 시샘하는 사람이 많다. 언제나 가까운 사람이 시기하고 질투하는 법이다.

재면아! 너의 마음 씀에 따라 상대방의 마음도 정해진다. 항상 넓고 푸근한 마음으로 대해서 좋은 친구들이 네 인생에 숲을 이루기를 바란다. 삶의 길벗들이 좋아야, 인생이 즐겁고 행복한 것이다.

2016년 12월 17일

할머니, 매일매일 똑같은 생활 속에서 그래도 변화를 느끼고 조금이라도 웃을 수 있는 것은 친구들이 있기 때문이에요. 진실한 마음으로 서로 마음을 열어 놓고 대화하는 시간이 제일 행복한 순간입니다. 서로 위해 주는 친구가 있다는 것은 각박한 학교생활에서 신선한 산소를 마시는 것처럼 기분 좋은 일이지요.

공부만 한다면 정신이 피로해져서 힘이 들 텐데 그런 친구가 있어서 마음이 한결 편안해요. 피로한 정신을 건강하게 해주는 것은 역시 친구인 것 같아요. 좋은 친구가 되어서 좋은 친구를 사귀고 있습니다.

할머니, 되도록 긍정적인 자세로 학업에 임해서 실패를 밀어내겠습니다. 부정적인 생각은 모든 것을 다 포기할까 하는 생각이 들게도 합니다. 성공의 적은 부정적인 생각이고, 실패를 지워 버리는 것은 긍정적인 생각이라는 것을 경험으로 알게 되었습니다. 할머니 말씀대로 실패도 약이군요.

2008년 12월 20일

사랑하는 재면아!

로마의 희극작가인 플라투스는 세상살이의 이런저런 골치 아픈 문제들에 대해 '인내는 온갖 곤란의 가장 좋은 해결책이다'라고 했다. 플라투스는 기원전 200년경 사람이다. 그때도 인내는 인생사의 여러 어려운 문제들을 풀어 주는 최고의 열쇠였다는 뜻이다. 수많은 사람들이 서로 얽혀 사는 것이 사회생활이고, 그 부대낌 속에서 골치 아픈 일들과 예상 못한 시련들이 닥쳐오는 것은 지극히 당연한 일이다. 그 어려움을 해결하는 것은 인내뿐인 것이다. 16세기의 프랑스의 작가 라블레는 '인내심이 강한 사람은 어떤 일이든 이루어 낼 수 있다'고 했고, 셰익스피어도 '인내력이 없는 사람은 얼마나 가난한 사람인가'라고 말했다. '인내는 쓰나 그 열매는 달다'라는 말이 왜 세계적인 금언이 되었겠니. 재면아, 넓고 넓은 바다를 바라보면 파도가 끊임없이 밀려오고 또 밀려오지 않더냐. 세상을 살다 보면 크고 작은 시련들이 끝없이 밀려오는 파도처럼 계속 닥쳐온다. 그때마다 인내력을 가지고 대처하는 사람이 훌륭한 사람이다.

모든 성공적인 일들은 인내를 딛고 피운 꽃이다.

2016년 12월 20일

할머니, '인내는 쓰나 그 열매는 달다', 이 말이 세계적인 금언이 된 것을 보더라도 인내는 어렵지만 인내한 후에 오는 성공이라는 열매는 달기만 하겠지요. 인내가 그만큼 어려운 일이니까 16세기 프랑스의 작가도 '인내심이 강한 사람은 어떤 일이든 이루어 낼 수 있다'고 했고, 영국의 셰익스피어도 '인내력이 없는 사람은 얼마나 가난한 사람인가'라는 말들을 했겠지요. 외국 사람들뿐만 아니라 할머니도 인생을 살아오신 경험으로 '인내'에 대해서 많이 말씀하셨지요. '참는 수밖에 별도리가 없다'는 말씀을 하시는 것을 보면 할머니도 인내심이 강한 것 같아요. 어떤 날에 쓰신 글을 보면 서로 참지 않으면 부부 사이에도 다툼이 생기고, 형제 사이에도 서로 참지 않으면 우애의 틈이 생기고, 친구 사이에도 서로 참지 않으면 그 우정을 오래도록 유지하지 못한다고 하셨더군요.

인내하지 않고서는 그 어떤 것도 이룰 수 없는 것은 당연한 일이겠지요. 인내를 딛고 핀 꽃이 성공이란 말씀은 저보고 더 인내하라는 계시인 것 같아요. 그 꽃을 얻기 위해 참고 또 참으면서 게으름을 몰아내겠습니다. 그 꽃을 할머니께 드리고 싶어요.

2008년 12월 25일

사랑하는 재면아!

유머 감각이 없는 사람은 웃음의 철학을 모른 채 인생을 삭막하게 사는 사람이다. 유머 감각을 타고난 것이라고 생각하지 마라. 유머 감각은 필요에 따라 신장시킬 수 있다. 유머 능력을 갖추고 싶으면 그다지 큰 힘 들이지 않는 관심과 노력으로 해결할 수 있다. 그런데 어떤 사람들은 "나는 그런 기질이 아니다"고 자못 엄숙하게 말하며 유머를 멸시하는 듯한 태도를 취한다. 그건 유머의 효과를 모르는 사람들의 생각일 뿐이다.

유머는 긴장된 마음을 풀어 주기도 하고, 건조하고 바쁜 일상생활의 피로를 씻어 주기도 한다. 그리고 이 세상에 웃음이 없다면 인간관계와 사회생활이 어떻게 되겠니. 사람들이 모두 무표정한 얼굴들이라면 그건 바로 지옥일 것이다. 그 웃음을 자아내게 하는 것이 유머다. 그래서 매력 있는 사람의 조건으로 유머 감각을 꼽는 것이다. 항공사 사우스웨스트의 기내 방송을 듣고 사람들은 전부 웃음을 터뜨리지 않을 수 없었단다. "담배를 피우고 싶은 분은 비행기 날개 위에 있는 라운지를 이용하면 환상의 노천카페에서 명화 〈바람과 함께 사라지다〉를 감상하실 수 있습니다." 얼마나 멋진 유머냐.

2016년 12월 25일

할머니, 모처럼 웃었습니다. 할머니께서 쓰신 글을 읽으며 소리 내어 웃었습니다. "담배를 피우고 싶은 분은 비행기 날개 위에 있는 라운지를 이용하면 환상의 노천카페에서 명화 〈바람과 함께 사라지다〉를 감상할 수 있습니다." 항공사 사우스웨스트의 기내 방송은 유머 감각이 상당하네요.

할머니, 할머니는 제가 유머 감각이 없는 줄 아시죠. 아니에요. 제가 한마디 하면 친구들이 엄청 웃어요. 중학교 때 어느 날 제가 친구들을 웃기고 있는데 선생님이 들어오셔서 옆 반 친구들에게 피해를 주면 안 된다고 웃음의 주동자를 찾아내려고 하셨어요.

선생님이 일일이 호명하셨는데도 주동자 색출을 못 하셨어요. 선생님의 호통에 친구들이 "재면이요" 했더니 선생님께서 재면이가 그럴 리가 없다고 하시면서 그냥 용서해 주셨어요. 사실은 그날 주동자는 저였는데, 제가 말이 없는 편이니까 그런 유머 감각이 없는 줄 아셨지요.

유머는 긴장된 마음을 풀어 주기도 하고, 생활을 활기 있게 해 주는 역할도 하지요. 모든 사람이 무표정한 얼굴을 하고 다닌다면 얼마나 음산하겠어요. 할머니, 메리 크리스마스!

2016년 12월 31일

할머니, 이제 몇 시간만 있으면 새해가 밝아옵니다. 여러 가지 일들을 겪으면서 보낸 일 년이라 이 해가 빨리 지나고 새해가 오기를 기다렸습니다. 할머니, 일 년 동안 『행복이』를 반은 읽은 것 같아요. 매일매일 꼭 읽는다고 결심했는데, 매일매일 그 2~3분을 놓치고 말았어요.

마음의 여유가 없었습니다. 하루 종일 수업하고, 오후에서 밤까지 자율학습하고, 기숙사에는 밤 11시가 넘어서 들어옵니다. 11시에 금방 자는 것이 아니고 또 모자란 학과 공부를 하다 보면 피곤해서 그냥 잠들어 버리곤 했습니다. 그런 생활의 연속이다 보니 반 정도 읽은 것도 참 많이 읽은 것입니다.

내년에는 더 못 읽을 것 같아요. 고등학교 2학년은 대학 입시와 직결되어 있으니까 학업에만 열중하려고 해요. 3학년은 더 그럴 것 같아요. 금년까지만 읽고 대학에 들어가서 차분히 읽으려 합니다. 평생에 걸쳐서 해가 바뀌면 또 읽고, 또 해가 바뀌면 또 읽고 하겠습니다. 할머니의 사랑을 제가 왜 모르겠습니까. 읽어야지 하면서 못 읽으면 마음에 너무 부담이 돼요. 할머니께서 2008년에 쓰셔서 2013년에 중학교 입학 선물로 주신 편지글을 평생 읽으면서 할머니의 뜻에 따라 살겠습니다.

2014년에 책이 나오고 매일 읽으려고 노력했지만 정말 뜻대로 되지 않는 것이, 하루도 빠짐없이 실천하는 것이었어요.

할머니, 새해에는 더욱더 건강하시기를 빌겠습니다. 할머니, 새해에 저는 열여덟 살이 됩니다. 할머니는 제가 나이를 먹는 것도 대견하시죠?

행복 편지

제1판 1쇄 / 2017년 12월 20일

저자 / 김초혜 조재면
발행인 / 송영석
발행처 / (株)해냄출판사

등록번호 / 제10-229호
등록일자 / 1988년 5월 11일(설립연도 | 1983년 6월 24일)

04042 서울시 마포구 잔다리로 30 해냄빌딩 5·6층
대표전화 / 326-1600 팩스 / 326-1624
홈페이지 / www.hainaim.com

ISBN 978-89-6574-643-0

이 도서의 국립중앙도서관 출판예정도서목록(CIP)은
서지정보유통지원시스템 홈페이지(http://seoji.nl.go.kr)와
국가자료공동목록시스템(http://www.nl.go.kr/kolisnet)에서 이용하실 수 있습니다.
(CIP제어번호: CIP2017033492)